EVA LOHMANN

ACHT WOCHEN VERRÜCKT

EVA LOHMANN

ACHT WOCHEN VERRÜCKT

Roman

Piper München Zürich

Mehr über unsere Autoren und Bücher:
www.piper.de

MIX
Papier aus verantwortungsvollen Quellen
FSC® C083411
www.fsc.org

ISBN 978-3-492-05439-3
4. Auflage 2011

Satz: Kösel, Krugzell
Druck und Bindung: CPI – Clausen & Bosse, Leck
Printed in Germany

FÜR M. L.

»Aber ich möchte nicht unter Verrückte kommen«, meinte Alice.

»Oh, das kannst du wohl kaum verhindern«, sagte die Grinsekatze: »Wir sind hier nämlich alle verrückt. Ich bin verrückt. Du bist verrückt.«

»Woher willst du wissen, dass ich verrückt bin?«, erkundigte sich Alice.

»Wenn du es nicht wärest«, stellte die Grinsekatze fest, »dann wärest du nicht hier.«

Lewis Carroll,
Alice im Wunderland

1

ERSTE WOCHE Der Tag, an dem ich in die Klapse komme, ist ein Donnerstag.

Es ist früher Vormittag, und ich sitze zusammen mit vier anderen frisch Eingewiesenen auf den orange gepolsterten Sesseln des Wartebereichs. Es sieht aus wie in der Lobby eines Hotels. Nichts erinnert hier an ein Krankenhaus. Weder der Brunnen mitten in der Eingangshalle noch die leise Musik, die aus den Boxen über uns kommt.

Nein, das Einzige, was hier an eine psychosomatische Klinik erinnert, sind wir selbst. Alle wahnsinnig nervös. Finger knibbelnd, Tränen wischend, kettenrauchend sitzen wir da und haben einen amtlichen Schaden. Das sagen jedenfalls unsere Ärzte, Therapeuten und Psychiater, die uns hier eingewiesen haben. Aber das ist auch schon so ziemlich alles, was wir wissen; keiner von uns hat eine Ahnung, was in den nächsten Wochen auf uns zukommt.

Verstohlen beobachten wir uns gegenseitig. Wir sind zu fünft: drei Frauen und zwei Männer. Die Frau, die neben mir sitzt, ist schätzungsweise noch keine dreißig und sieht aus wie ein menschgewordenes Bambi. Sie ist sehr hübsch, lächelt scheu und dreht mit zarten Fingern ihre sehr gepflegten, dunkelbraunen Haare zu Spiralen. Was sie wohl für eine Krankheit hat? Vielleicht ist sie tatsächlich ein verwunschenes Reh.

Die andere Frau erinnert mich an die Schalterbeamtin meiner Postfiliale. Sie ist Ende vierzig, mit praktischem Kurzhaarschnitt und Bärchenshirt. Abwechselnd hackt sie auf ihrem Handy herum und zieht an ihrer Zigarette. Durch ihre kurzen, stakkatohaften Bewegungen hat auch sie etwas von einem Tier. Ein aufgeregtes Huhn in nicht artgerechter Umgebung.

Die beiden Männer starren nur vor sich hin. Der jüngere trägt eine dunkle Sonnenbrille und wirkt auf mich komplett erschöpft. Er sieht aus, wie ich mich fühle; ich tippe also auf eine Depression.

Nachdem wir fünf wortlos versucht haben, uns gegenseitig in Schubladen zu stecken, nehmen wir uns die Patienten vor, die schon länger da sind. Das sind also die Verrückten, mit denen wir die nächsten Wochen zusammenleben werden. Auf den ersten Blick sehen die meisten ziemlich normal aus. Sie laufen durch die große Halle, unterhalten sich, lachen sogar und scheinen sich hier wie zu Hause zu fühlen. Ein kleiner, untersetzter Typ läuft an unserer Sitzecke vorbei. Er trägt einen Jogginganzug und viele Haare auf Armen und Brust. Außerdem einen rosa Lippenstift und jede Menge Maskara. Er lächelt uns an, und ich bilde mir ein, dass er mir sogar zugezwinkert hat. Dann verschwindet er in Richtung Fahrstuhl. Bambi schaut ihm mit großen, braunen Augen staunend hinterher. Ich muss schlucken. Warte ein bisschen darauf, dass jemand um die Ecke kommt und sagt: »Hey, das war ein Irrtum, wie konnte das nur passieren; hier gehören Sie aber mit Sicherheit nicht hin …« Passiert aber nicht. Stattdessen müssen wir ewig warten, bis jeder einzeln von der Rezeptionistin aufgerufen wird. Ich lehne mich im Sessel zurück und denke an die vergangene Woche. An meinen letzten Arbeitstag, von dem ich morgens beim Aufstehen noch nicht wusste, dass er für eine lange

Zeit mein letzter Arbeitstag sein würde. Trotz des lähmenden Gefühls in meinem Kopf und dem Betonklotz auf meiner Brust war ich aufgestanden, hatte mich geduscht, geschminkt und angezogen. Das Gefühl war schließlich nicht neu. Ich hatte mich genauso ins Büro geschleppt wie die vielen Wochen zuvor. Nachdem ich dort ein paar Dinge erledigt hatte, die mir einfach nur lächerlich und bedeutungslos erschienen, schaltete ich vor lauter Sinnlosigkeit irgendwann ab. Der Computer hielt noch eine Weile durch, dann erschien auch bei ihm der Bildschirmschoner.

Ich starrte noch ein, zwei Stunden auf die animierten Aquariumfische in meinem Rechner. Und das war's. Ich konnte nicht mehr, und ich wollte nicht mehr, und dann ging ich. Habe den Computer ausgeschaltet und das Büro verlassen. Das erste Mal seit Jahren ohne ein schlechtes Gewissen dabei zu haben.

Ich wusste, dass ich einfach nicht mehr funktionierte.

Ich bin nach Hause gegangen und habe mich auf mein Sofa gelegt. Dann hab ich mich fallen lassen. Endlich fallen lassen. Heraus aus der bleiernen Hülle meines Körpers durch den groben Sofastoff, hinein bis in die Tiefen der Schaumstofffüllung. Hier war es dicht und still. Der Rest meines Körpers lag in meinem Wohnzimmer wie eine Puppe. Aus der Ferne verfolgte ich, wie meine Umwelt weiter funktionierte, während ich abgeschaltet worden war.

Ich sah, wie mein Freund mir eine Decke brachte und eine Wärmflasche in die Arme legte. Wie Stunden später meine Mutter kam, angereist aus einer anderen Stadt, und sich an mein Sofa setzte. Mit mir sprach und sagte, dass alles gut werde jetzt. Ich glaubte ihr. Mir ging es auch gar nicht schlecht, fand ich. Mir ging es irgendwie überhaupt nicht mehr.

Plötzlich war ich gefühllos wie ein eingeschlafener Arm. Ich wurde in ein Auto gesteckt und zum Arzt gefahren. Von dort aus zum Psychiater. Ich bekam nicht viel mit an diesem Tag. Es war mir auch irgendwie egal. Ich war so lange ganz allein und hilflos gewesen. Sollten sie machen, was sie wollten. Ich jedenfalls machte gar nichts mehr, war einfach nicht mehr da. Nur ab und zu weinte ich. Am Ende dieses Tages bekam ich eine Akuteinweisung für eine psychosomatische Klinik. Ich hatte keine Ahnung, was das sein soll. Und drei Tage später erklärte mir meine Mutter, dass nun in einer Klinik ein Bett für mich frei sei. Dass sie mich hinbringen würden, weil dort Menschen seien, die mir helfen würden. In dem Moment hörte etwas in mir auf. Und ich spürte, dass etwas anderes anfing. Im Nachhinein würde ich es am ehesten als Erleichterung beschreiben.

Es war offiziell: Ich hatte eine Krankheit, war nicht falsch oder egoistisch oder faul. Ich war krank, und ich durfte krank sein. Endlich Verantwortung abgeben. Das war das erste positive Gefühl, das mich nach langer Zeit wieder erreichte. Die Maschinerie war ins Rollen gekommen, und ich selbst war ab sofort nur noch ein passiver Teil der Abläufe.

»Milena Winter, bitte.«

Ich werde als Letzte aufgerufen. Die anderen sind schon verschwunden, merke ich erst jetzt, irgendwo in den Winkeln dieser Klinik angekommen. Die Rezeptionistin erklärt mir freundlich und heute zum mindestens fünften Mal die Basics:

»Herzlich willkommen in unserer Klinik, Frau Winter. Ich habe hier für Sie die Schlüssel zu einem Zweierzimmer. Machen Sie sich keine Gedanken, das ist ein nettes Mädchen, mit dem Sie zusammenwohnen werden. Sie werden sich bestimmt gut verstehen. Ansonsten bitte keine Besucher auf dem Zimmer, in Ordnung?«

Ich nicke brav.

»Da vorne ist der Speisesaal, Frau Winter …« Sie mustert mich von oben bis unten und blättert kurz in den Unterlagen. »Da Sie nicht wegen Essstörungen hier sind, können Sie sich aussuchen, wann Sie zum Essen gehen wollen. Essenszeiten sind immer ab acht, dreizehn und neunzehn Uhr jeweils eine Stunde. Im Vorraum befinden sich die Postfächer für Nachrichten von uns oder private Post. Wenn Sie den Gang weiter runtergehen, kommen Sie zum Fernsehzimmer. Und die Sporthalle ist direkt hier die Treppe runter. Sonst noch was?« Sie überlegte kurz. »Ach ja, Einschluss ist bei uns immer um 23 Uhr. Alles Weitere finden Sie hier in diesen Unterlagen. Auch die Namen Ihrer zuständigen Therapeuten und Ärzte. Die stellen sich aber nachher noch bei Ihnen vor, ja?«

»Nein!«, denke ich und sage: »Alles klar.«

Die Rezeptionistin nickt zufrieden. »Gut, Frau Winter, das wär's erst mal. Dann wünsche ich Ihnen fürs Erste einen schönen Aufenthalt. Da vorne ist der Fahrstuhl.«

Ich fahre hoch in mein Stockwerk, finde Zimmer einhundertvierundzwanzig und schließe auf. Ein großer Raum mit zwei Betten, zwei Schreibtischen, zwei Schränken und zwei Nachtschränkchen. Ein Badezimmer (ohne Schlüssel) und ein Balkon mit Blick auf den See. Immer noch mehr Hotel als Krankenhaus, stelle ich erleichtert fest.

Meine neue Mitbewohnerin scheint ausgeflogen zu sein. Auf dem Nachtschränkchen des einen, belegten Bettes liegen Postkarten, Fotos, Bücher und Frauenzeitschriften. Ich schaue genauer hin. Die Bücher tragen Titel wie: *Der wunderbare Massenselbstmord* und *Das Drama des begabten Kin-*

des. Außerdem liegt auf dem Bett noch ein psychologisches Fachbuch. Eine Psychologiestudentin?

Willkommen im Land der Verrückten, murmele ich leise. Ich räume meinen Schrank ein und drapiere meine mitgebrachten Kosmetika auf der freien Abstellfläche im Bad. Dann entdecke ich eine kleine Schublade in dem Nachtschränkchen neben dem Bett. Dort lege ich meinen Weingummivorrat an.

Als ich mich einigermaßen in meinem neuen Zimmer eingerichtet habe, setze ich mich auf das leere, frisch bezogene Bett und ziehe die Beine hoch. Wann lerne ich meine Mitbewohnerin kennen? Wie lange sie wohl schon hier ist? Und weswegen? Weswegen bin ich eigentlich hier? Und nicht im Büro, wo meine Kolleginnen um diese Uhrzeit gerade die erste Kaffeepause einlegen?

Meine Gedanken überschlagen sich, purzeln durcheinander. Ich fühle mich plötzlich wahnsinnig müde. Es ist anstrengend, in die Klapse zu ziehen, denke ich noch. Und dann tauche ich ein in das frisch gemachte Bett, lasse die Daunendecke über mich schwappen und werde endlich in mein geliebtes Traumland gespült.

Als ich wieder aufwache, ist es Mittagszeit, und ich bin noch immer bei den Verrückten. Eine von ihnen steht sogar direkt neben meinem Bett.

»Hallo, ich bin Clara. Wollte dich nicht wecken, Entschuldigung.«

Ich schaue in ein schmales, freundliches Gesicht und bin sofort erleichtert.

»Mila«, sage ich, denn mehr fällt mir gerade nicht ein. Ich setze mich auf und betrachte sie genauer. Ihr Gesicht ist voller Sommersprossen, auf ihrer Oberlippe liegen sie so dicht beieinander, dass es ein bisschen aussieht, als hätte sie einen kleinen Bart. Außerdem hat sie sehr dunkle, fast schwarze Haare, die sie zu einem kleinen Dutt gebunden hat. Wie Schneewittchen und Pippi Langstrumpf in einer Person, das macht mich sofort ein bisschen neidisch. Ich bemerke allerdings ziemlich schnell, dass das auch das einzig Beneidenswerte an dieser Frau ist.

Die restliche Clara scheint nur aus Knochen zu bestehen. Sie treten spitz an allen Stellen ihres Körpers hervor, nur eine dünne, gespannte Pergamenthaut scheint sie daran zu hindern, aus diesem Gebilde herauszubrechen. Mit diesem Minimalkörper, auf dem ein viel zu großer, maximaler Kopf steckt, wirkt sie wie ein hübscher, aber hungriger Alien. Irgendwie unheimlich.

Clara scheint es gewohnt zu sein, auf diese unverschämte Weise gemustert zu werden, denn sie hat in der Zwischenzeit angefangen, munter mit mir zu plaudern. Wir machen ein bisschen Smalltalk, was man halt so redet, wenn man den Menschen kennenlernt, mit dem man die nächsten Wochen ein Zimmer teilen soll. »Und warum bist du hier?«, fragt mich Clara.

Ich zögere, weiß aber irgendwie auch, dass ich keine Wahl habe.

»Auf meiner Einweisung steht, dass ich eine ›mittelschwere Depression‹ habe. Und du?« Ich frage schnell zurück.

»Bulimie, auch mit einhergehender Depression«, antwortet Clara mit einem fast gelangweilten Seufzer. Ich nicke und fühle mich ein kleines bisschen minderwertig. Meine Depression geht mit niemandem einher, sie kam ganz allein. Hoffentlich ist sie wenigstens groß genug.

»Und wie lange bist du schon hier?«, frage ich sie.

»Heute genau eine Woche. Ist also noch nicht viel passiert in dem Bereich«, sagt sie und haut sich so kräftig auf die klapprigen Hüftknochen, dass ich Angst bekomme, ihr Körper könnte in sich zusammenfallen.

»Wo wir gerade dabei sind«, frage ich, ohne meinen Blick von ihrer Knochenlandschaft nehmen zu können, »würdest du mit mir zu Mittag essen?«

Ich fürchte mich davor, alleine in den Speisesaal zu gehen. In Gesellschaft von jemandem, der sich hier schon auskennt, wäre es einfacher. Aber Clara schüttelt den Kopf und guckt komisch. »Ich hab schon gegessen.«

Das hätte ich mir auch denken können. »Mhm, dann muss ich wohl alleine los.«

Clara nickt abwesend, während sie plötzlich sehr beschäftigt damit ist, ihre Fingernägel zu inspizieren. An diese Krankheit werde ich mich gewöhnen müssen. Mein Magen jedenfalls knurrt mich immer lauter an. Also gehe ich nun alleine zum Mittagessen und versuche, Angst und Schüchternheit zu ignorieren. Auf dem Weg in den Speisesaal denke ich an meine Kollegen im Büro, die zu dieser Tageszeit auch in der Kantine sitzen. Mit dem immer gleichen Essen, den immer gleichen Gesprächen, der immer gleichen Langeweile.

Schlimmer als die letzten Wochen dort kann es hier auch nicht werden, denke ich, als ich im großen, zweiflügligen Speisesaal ankomme. Mir steigt ein bekannter Geruch in die Nase. Kantinengeruch. Eine vertraute Mischung aus verkochten Möhren, abgestandenem Waschwasser und frittierten Kalorien. Ich entscheide mich für den rechten Flügel des Saals. Alle Tische sind vollbesetzt mit Patienten, die gerade zu Mittag essen. Sie plappern miteinander oder wahlweise auch mit sich selbst und scheinen alle genau zu wissen, was sie hier tun und warum sie hier sind. Ich komme mir ziemlich schnell bescheuert vor.

Ratlos stelle ich mich erst mal ans Buffet, betrachte die zwei Mittagsmenüs und versuche dabei unauffällig herauszufinden, wo ich mich hinsetzen kann. Alles besetzt. Wo mal ein Platz frei ist, kenne ich keines der Gesichter am Tisch. Mir wird heiß. Kurz taucht in meinem Kopf das Wort »Sozialphobie« auf. Ich trau mich einfach nicht. Aber wenn ich mich nicht traue, mich irgendwo hinzusetzen, kann ich verdammt noch mal nichts essen. Ich versuche weiter, möglichst lässig auszusehen und schlendere zum Obstkorb. Mein Magen knurrt jetzt ordinär laut. Hoffentlich hört mich keiner. Heute Morgen habe ich vor lauter Aufregung natürlich nichts gefrühstückt. Aber wenn ich mir jetzt den Teller vollade, muss ich mich damit auch irgendwo hinsetzen.

Es ist so lächerlich. Ich darf nicht mehr länger auf diese Äpfel starren; bestimmt falle ich langsam auf. Panik. Und dann merke ich es auch schon. Meine innere Kamera läuft und ist im Aufnahmemodus. Ich sehe mich mit den Augen der anderen. Kann mir nicht vorstellen, dass irgendjemand in diesem Raum noch irgendetwas anderes tut, als mich heimlich zu beobachten. Ich bin Frischfleisch in der Klinik. Und stehe weiter vorm Obstkorb rum.

›Entscheide dich!‹, befehle ich mir selbst. ›Iss oder geh – aber mach dich nicht länger lächerlich!‹

Und dann entscheidet sich etwas in mir. Ich glaube nicht, dass ich es bin. Aber ich beobachte mich dabei, wie ich mir einen lächerlich kleinen Apfel schnappe und mich verstohlen aus dem Speisesaal schleiche.

›Nur raus hier!‹, schreit eine Stimme in mir. Und während die innere Kamera herumschwenkt und meinen Abgang filmt, überschlage ich in meinem Kopf, ob ich mich für heute auch an meinem Weingummivorrat satt essen kann. Es wird knapp werden.

Was soll ich hier nur den ganzen Tag mit mir anfangen? Ich laufe durch die Gänge, schaue mich um, versuche mich in der großen Klinik zu orientieren. Die Ärzte und Therapeuten scheinen noch nichts von mir wissen zu wollen.

Ich frage mich, was hier eigentlich von mir erwartet wird. Wird überhaupt etwas erwartet? Soll einfach mal ich zur Abwechslung etwas erwarten? Oder ist das hier eine spezielle Taktik, ein Therapieansatz, mich warten zu lassen?

Alle anderen scheinen sehr beschäftigt zu sein. Jedenfalls sehen sie aus, als fühlten sie sich gut aufgehoben. Nur ich fühle mich hier gerade noch sehr unaufgehoben. Ich hole mein Tagebuch aus dem Zimmer (auch Clara ist nicht da, was tut sie nur den ganzen Tag?) und setze mich damit auf eine Bank bei der Wiese vor dem Klinikeingang.

Überall sitzen oder stehen andere Patienten rum. Rauchend, in kleinen Gruppen, zu zweit in intensiven Gesprächen, viele laufen auch mit dem Handy in der Hand die Straße auf und ab und telefonieren dabei lautstark und selbstbewusst mit ihren Angehörigen. Ich frage mich, wie die Anwohner, die ihre Häuschen vor Jahren mal in diese Idylle gebaut haben, den verrückten Patientenauflauf in der Nachbarschaft finden. Haben sie Mitleid? Oder Angst? Sind sie genervt? Das wohl am ehesten, wenn sie Tag für Tag, Woche für Woche, Monat für Monat die kaputten Gestalten sehen, die hier eingeliefert werden. Ihre Gespräche auf offener Straße mitbekommen, die immer gleichen Geschichten hören. Die Leute, die hier wohnen, müssen unfreiwillige Experten sein für psychosomatische Erkrankungen.

Ich selbst weiß nicht viel darüber, was genau hier alles behandelt werden kann. Wenn ich mich umschaue, gibt es nur wenige, bei denen man den Grund ihres Aufenthaltes erahnen kann. Nur den sehr Dicken, den sehr Dünnen und ein paar Menschen mit auffälligen Schnittwunden an den Unterarmen kann man ein bisschen von dem Elend ansehen, das sich in ihrem Inneren abspielt.

Ich versuche, mich auf mein Tagebuch zu konzentrieren, meine wirren Gedanken festzuhalten. Aber die Gedanken lassen sich heute nicht gerne festhalten, einer jagt den anderen, wild schreien sie durcheinander, drängeln sich vor. Wenn ich mich endlich für einen Gedanken entschieden habe und ihn zu Papier bringen will, verwandelt er sich, wird ungreifbar oder springt einfach auf die Picknickdecke der Gruppe Patienten, die gerade laut lachend auf der Wiese Platz genommen hat.

Dann eben nicht, sage ich ein bisschen genervt zu meinen sprunghaften Gedanken, aber die hören mir eh nicht zu. Ich merke, wie ich Kopfschmerzen bekomme. Das passiert, wenn meine Gedanken aus der Reihe tanzen. Ich klappe das immer noch leere Tagebuch zu und gehe auf mein Zimmer, um mir eine meiner Notfalltabletten zu genehmigen.

Eigentlich ist es hier verboten, Tabletten zu nehmen, ohne das mit den Ärzten abzusprechen. Aber für mich mache ich heute mal eine Ausnahme. Schon ein paar Minuten später kehrt Ruhe ein in meinem Kopf. Die meisten Gedanken, eben noch umtriebig und sprunghaft, legen sich schlafen. Die wenigen anderen, die noch durchhalten, werden angenehm entspannt und sanft. Sie schlendern durch meinen Kopf, bleiben mal hier, mal dort stehen, flüstern miteinander und hören auf, mich zu stressen. Ihre Ruhe überträgt sich auf mich, ich fühle mich auf eine angenehme Weise schwer und müde. Ich merke, wie ich plötzlich auch keinen Hunger mehr habe, was mir sehr entgegenkommt, denn so kann ich das Abendessen ausfallen lassen. Ich setze mich auf mein Bett und überlasse meinen Kopf erleichtert den wenigen Gedanken, die nun noch wach sind.

Draußen fängt es langsam an zu dämmern. Durch die geöffnete Balkontür höre ich die gedämpfte Stimme einer Frau, die davon singt, dass alle Mädchen die Liebe küssen sollen.

Erst am Abend trudelt auch Clara ein. Als sie ins Zimmer kommt, ist es halb neun, und ich bin schon im Schlafanzug.

»Du scheinst ja ganz schön beschäftigt zu sein«, sage ich zur Begrüßung und bereue es sofort. Als ob ich neidisch darauf wäre, dass sie hier so viel zu tun hat.

Aber Clara reagiert entspannt. »Ja, bei mir geht es jetzt richtig los, ich hatte heute viele Termine.«

»Ach, und das ist am Anfang nicht so?«, ich versuche dabei nicht zu erleichtert zu klingen. Sie war also nicht den ganzen Tag mit anderen Verrückten Kaffee trinken, während ich nicht wusste, wohin mit mir.

Sie schüttelt den Kopf. »Die ersten Tage waren ziemlich entspannt. Die von der Klinik wollen, dass du dich eingewöhnst, Leute kennenlernst, zur Ruhe kommst. So was halt. Außerdem dauert es einfach ein bisschen, bis sie dir deinen Behandlungsplan zusammengestellt haben.«

»Und ich hab mich schon gefragt, was ihr alle den ganzen Tag macht, während ich mich zu Tode langweile.«

Clara lacht. Sie macht sich bettfertig. »Das war bei mir genauso. Aber der Rhythmus hier ist auch einfach anders. Versuch, dir Zeit zu lassen und nicht darauf zu achten, was die anderen machen. Weißt du, ich bin selbst noch nicht lange da, aber ich glaube, das hier ist einer der wenigen Orte im Leben, an dem man einfach mal man selbst sein kann.«

Sie zieht ihren Rock aus und schlüpft in eine weite Schlafanzughose, für einen Moment sehe ich ihre dürren, knochigen Beine. An der Stelle, an der sich bei mir die Oberschenkelinnenseiten berühren, ist bei ihr einfach nur Luft.

»Aber was soll ich denn tun, den ganzen Tag?«

»Geh raus, schau dir die Patienten an, die schon länger hier sind. Die sitzen zum Teil stundenlang auf der Wiese und tun gar nichts. Lesen kein Buch, hören keine Musik, starren einfach bloß in die Luft und denken nach.«

»Und worüber?«

»Keine Ahnung, worüber. Über sich, übers Leben, was weiß ich.«

Ich nicke zögerlich. »Ja, das ist ja auch bestimmt ganz nett. Aber wann geht es denn los? Ich bin doch nicht hier, um zu sitzen und Löcher in die Luft zu starren. Ich muss wieder gesund werden.«

Clara lächelt mitleidig. »Das Gefühl hatte ich in den ersten Tagen auch. Bloß schnell wieder gesund und einsatzfähig werden. Keiner hat Zeit, alles muss schnell passieren, bloß keine Umwege gehen. Aber ich habe mir vorgenommen«, sie schlüpft unter ihre Decke, »dass ich das hier wie einen riesigen Spielplatz betrachte. Hier gelten die Regeln nicht, die ich da draußen die letzten zwanzig Jahre gelernt habe.«

Ich bin skeptisch. »Du meinst, wir haben hier so eine Art Narrenfreiheit?«

Clara grinst. »Wo, wenn nicht hier, bitte schön? Wir sind in der Klapse, was kann uns denn noch passieren? Probier dich aus, sei egoistisch, nimm dir Zeit. Sei einfach mal so, wie du früher warst.« Sie schaltet ihre Nachttischlampe an und stellt den Wecker.

»Es gibt hier keinen direkten Weg zum Erfolg. Jedenfalls nicht so, wie du es dir vielleicht vorstellst. Und jetzt Schluss mit der Sonntagspredigt«, sagt Clara und nimmt sich ein Buch von dem Turm auf ihrem Nachtschränkchen. Dabei hänge ich gerade so an ihren Lippen.

»Ach, eins noch«, Clara grinst und schlägt ihr Buch auf, »das, was du heute Nacht träumst, geht in Erfüllung.«

Sie sagt es beiläufig, ohne mich dabei anzuschauen. Ich knipse meine Nachttischlampe aus, während Clara zu lesen anfängt.

»Na, dann werde ich mich mal anstrengen.«

»Genau. Mach dir mal ordentlich Druck ...«

Ich brauche ewig, um in dieser Nacht einzuschlafen. Ich bin zu gespannt auf das, was mit mir in den nächsten Wochen passieren wird. Noch lange, nachdem Clara ihre Nachttischlampe ausgeknipst hat, liege ich wach und starre auf die neuen, ungewohnten Umrisse in der Dunkelheit.

Als ich endlich einschlafe, träume ich, dass ich aus meinem Bett aufstehe, um einem älteren Ehepaar beim Schneckensammeln zu helfen. Die Schnecken liegen in großen Mengen draußen im flachen See vor dem Haus. Wir müssen sie sammeln, weil sie später gekocht werden sollen. Ich ekele mich sehr, bestimmt werde ich keine dieser Schnecken essen. Wir packen die festen Schneckenhäuser und ziehen sie vom Boden ab. Dabei gibt es ein widerlich schmatzendes Geräusch. Wir sammeln nur die fettesten ein. Auf dem Rückweg zum Haus ist der See an einer Stelle knietief. Unter der trüben grünen Wasseroberfläche steht eine Katze und starrt vor sich hin.

Clara ist schon weg, als ich am nächsten Morgen aufwache. Ihr Bett ist ordentlich gemacht, und auf dem Kissen liegt ihr Nachthemd. Ich kann mich nicht erinnern, wann ich das letzte Mal mein Bett gemacht habe, aber heute mache ich es ihr nach. Ich falte meine Bettdecke zu einem ordentlichen Quadrat.

Als ich eine halbe Stunde später in den Speisesaal komme, ist es angenehm leer. Ich scheine spät dran zu sein. An den Tischen sitzen nur noch vereinzelt Patienten, im Brötchenkorb liegen nur noch ein paar Scheiben Vollkornbrot. Ich häufe mir alle Reste auf den Teller, setze mich an einen der vielen freien Tische und erlebe die erste vollwertige Mahlzeit seit vierundzwanzig Stunden.

Für den Vormittag habe ich mir fest vorgenommen, ein paar von den Verrückten kennenzulernen, mit denen ich gestern eingewiesen wurde. Die sind schließlich auch neu und brauchen jemanden zum Frühstücken.

Auf der Wiese vor der Klinik treffe ich das Reh von gestern Morgen. Es liegt auf einer Decke und schaut verträumt in die Luft. Wenigstens hat es keinen Grashalm im Mund. Ich nehme all meinen Mut zusammen, schalte die innere Kamera aus und spreche es an. »Schon eingelebt?«

Ich bekomme ein dankbares Lächeln.

»Geht so. Und du? Möchtest du dich setzen?«

Na bitte. Das Reh ist schüchtern, aber nicht stumm.

Ich erzähle von meinem Zimmer, meiner Mitbewohnerin und den merkwürdigen Büchern auf ihrem Nachttisch.

»Oh«, stutzt das Reh, »ich habe ein Zimmer für mich allein.«

Ach was. Kurz überlegen wir, was die Klinik uns damit sagen möchte. Wir kommen nicht drauf. »Ich heiße übrigens Mila«, sage ich und gebe ihr die Hand.

»Katharina«, sagt das Reh und hat ab jetzt einen Namen. Nach dieser kurzen Aufwärmphase geht es sofort ans Eingemachte. Ich frage Katharina, warum sie hier ist. »Depressionen«, antwortet sie zögerlich, »vor über einem Jahr hat mein Freund Schluss gemacht. Und irgendwie ... irgendwie komme ich nicht drüber weg. Jeden Morgen, wenn ich aufwache, fühlt es sich an, als hätte er mich erst gestern verlassen.«

Sie schaut mich mit ihren riesigen braunen Kulleraugen an. Ich sage nichts.

»Na ja, das Problem bei der Sache ist, dass ich leider nicht mehr aufhören kann zu weinen. Ich bin zwar jeden Tag wie ferngesteuert zur Arbeit gegangen, aber sobald ich mal alleine in einem Raum war, sind die Schleusen aufgegangen. Nach Feierabend habe ich mich dann ins Auto gesetzt und bin weinend nach Hause gefahren. Und hab den Rest des

Tages durchgeweint. Ich hab mich einfach so … betäubt gefühlt.«

»Kommt mir bekannt vor.«

»Irgendwann meinte mein Hausarzt dann, dass es so nicht weitergeht. Er hat mir eine Überweisung geschrieben. Und hier bin ich. Mehr weiß ich auch nicht.«

Mich überkommt ein komisches Gefühl. Da sitzt ein vollkommen fremder Mensch vor mir und schüttet sein Herz aus. Wie viele Stunden habe ich mit meinen besten Freunden, meiner Familie zusammengesessen und über meine Probleme geredet? In keinem dieser Gespräche, nicht eine Sekunde habe ich mich so verbunden gefühlt wie mit diesem fremden Reh, das jetzt neben mir auf der Decke sitzt.

Und genau das sage ich dann auch. Erzähle meine Geschichte. So anders und doch an vielen Stellen so gleich. Wir sitzen da und staunen darüber, dass es einen Menschen gibt, der genauso empfindet wie man selbst.

»Ich dachte schon, ich wäre verrückt oder so«, sagt Katharina beeindruckt und fängt an, Grashalme von der Wiese zu zupfen.

»Na ja, ein bisschen bist du das wohl, sonst wärst du nicht hier«, sage ich. »Aber hier bist du wenigstens nicht die Einzige.«

Wir lachen uns an. Ich habe jemanden zum Frühstücken gefunden, denke ich zufrieden. Dann warte ich darauf, dass das Reh sich die frisch gepflückten Grashalme in den Mund schiebt. Den Gefallen tut es mir leider nicht.

Heute habe auch ich meinen ersten Termin. Ich soll auf dem Zimmer warten, bis mein zuständiger Therapeut – Dr. Hennings – mich abholt. Ich bin sehr aufgeregt und schaue Clara dabei zu, wie sie ihre frisch gewaschene Wäsche zusammenlegt. Sie macht das extrem sorgfältig.

»Hör bitte auf, deine Höschen zu falten, Clara, du bist so ordentlich, dass ich ein ganz schlechtes Gewissen bekomme.« Auf meiner Seite des Zimmers sieht es aus, als hätte, wie meine Mutter es sagen würde, eine Bombe eingeschlagen. Ein ungemachtes Bett, haufenweise Kleider auf dem Sessel und der Boden übersät mit Haargummis, Büchern und Kugelschreibern. Ein ordentliches Chaos, das nur die wenigsten in so kurzer Zeit produzieren können.

Clara kriegt es hin, so zu tun, als falle ihr das Chaos in der anderen Zimmerhälfte gerade zum ersten Mal auf. Sie zuckt mit den Schultern. »Wegen mir brauchst du dich nicht schlecht zu fühlen. Mir macht das nichts aus. Ich muss nur meine eigenen Sachen unter Kontrolle haben«, sagt sie und beginnt in aller Ruhe, die Höschen nach Farben sortiert in ihren Schrank zu räumen.

»Gehört das auch zu deinem Krankheitsbild, oder was?«

Bevor Clara antworten kann, klopft es an der Tür. »Das ist bestimmt dein Therapeut. Jetzt kannste dich mal schön mit deinem eigenen Krankheitsbild auseinandersetzen.«

Nervös öffne ich die Zimmertür und sehe zum ersten Mal meinen Therapeuten für die nächsten Wochen. »Guten Tag, Frau Winter, ich bin Dr. Hennings. Ich würde gerne mit Ihnen das Aufnahmegespräch führen.«

Er hält mir die Hand hin und sieht nett aus. Groß, grauhaarig, mit einem kleinen Bart und um die vierzig. Auf eine bestimmte Weise sogar attraktiv, solange man seinem Kleidungsstil keine Beachtung schenkt. Mein zukünftiger Therapeut trägt praktische Ledersandalen, Trekkinghosen und – ein gebatiktes Shirt.

»Guten Tag«, sage ich und gebe ihm die Hand.

»Wir gehen jetzt erst mal in mein Besprechungszimmer. Folgen Sie mir einfach.« Ich lasse Clara und ihre Höschen hinter mir und laufe ihm nach.

Dr. Hennings führt mich über mehrere Gänge und durch ein Treppenhaus bis auf den »Therapeutenflur«. »Hier sitzen wir alle, meine Kollegen und ich«, sagt er und dreht sich dabei zu mir um.

»Natürlich hat die Klinik auch einen Notdienst, der Ihnen immer zur Verfügung steht, aber wenn Sie mich brauchen, können Sie mich hier immer gerne aufsuchen.«

Er schließt einen kleinen Raum am Ende des Gangs auf. »Setzen Sie sich, wohin Sie möchten.« Ich sehe mich um. Zwei gemütliche Sessel, ein kleiner Couchtisch und am Fenster ein Schreibtisch.

Ist das jetzt schon ein Test?, frage ich mich sofort und wähle den Sessel direkt an der Tür. Er setzt sich auf den anderen, nimmt ein Formular und beginnt, meine Personalien einzutragen.

Bis hierhin sehr sachlich das Ganze. Er stellt jede Menge Fragen bezüglich Wohnort, Familienverhältnissen, Krankheitsgeschichte und so weiter. Auf dem Schoß balanciert er dabei ein Klemmbrett, auf dem er sich Notizen macht.

Und dann geht es ganz plötzlich los: »Frau Winter, warum sind Sie hier?«

Ich beschließe, mit der Tür ins Haus zu fallen. Wer, wenn nicht er, kann das verkraften?

Schon mit den ersten Worten kommen die Tränen. »Bei mir ist letzte Woche einfach alles zusammengebrochen. Ich konnte nicht mehr. Das Gefühl hatte ich eigentlich schon seit Monaten. Aber plötzlich war es dann wirklich so, dass ich *nichts* mehr tun konnte.«

Dr. Hennings hat sich in seinem Sessel lässig zurückgelehnt und notiert weiter, während ich erzähle. »Ich bin siebenundzwanzig, ich habe einen tollen Job, einen festen Freund, eine süße Wohnung. Und es ist Sommer. Man sollte doch meinen, ich sei das blühende Leben, oder nicht?« Die

Frage ist rhetorisch gemeint und Dr. Hennings beantwortet sie auch nicht. Er schaut mich einfach weiter an.

»Ich fühle mich einfach nur ausgelaugt. Habe Kopfschmerzen, Magenschmerzen, Hautausschläge. Bin immer erkältet. Dauernd habe ich irgendwelche Beschwerden.« Ich krame in meinen Taschen nach etwas, mit dem ich mir die Tränen wegwischen kann, finde aber nichts und lasse sie deswegen einfach weiter auf meinen Rock fallen.

»Mein Körper funktioniert an so vielen Stellen nicht mehr … Manchmal fühle ich mich wie eine kaputte Puppe, die zu nichts mehr zu gebrauchen ist. Von der man nichts mehr erwarten kann. Die man besser auf den Müll schmeißen sollte. Am liebsten würde ich den ganzen Tag im Bett bleiben und von der Welt da draußen nichts mitbekommen. Aber das geht mit meinem Job nicht. Also hab ich mich halt gezwungen in den letzten Wochen und Monaten. Aufstehen, arbeiten, ins Bett gehen. Viel mehr war da nicht. Ich habe mein Leben auf ein Minimum runtergefahren und trotzdem unendlich viel Energie gebraucht, um es einigermaßen auf die Reihe zu kriegen, verstehen Sie?«

Mittlerweile läuft mir Rotz und Wasser auf höchstwahrscheinlich ziemlich unattraktive Weise das Gesicht runter. Dr. Hennings schiebt mir eine große Kleenexpackung entgegen und schweigt. Ich zupfe mir ein paar Tücher heraus und versuche, mir die Tränen so abzutupfen, dass möglicherweise noch erhaltenes Make-up nicht verwischt wird.

»Ich lebe das Leben einer alten Frau. Die Leute sagen, man ist so alt, wie man sich fühlt, und meinen damit, dass sie sich mit vierzig noch wie dreißig fühlen. Aber ich fühle mich die meiste Zeit zwanzig Jahre älter, als ich bin … Meine Freunde um mich rum arbeiten zwölf Stunden am Tag, machen Karriere, schmeißen ihren Haushalt, schlagen sich die Nächte um die Ohren und planen, demnächst noch

Kinder zu bekommen. Ich beneide sie – aber ich kann da einfach nicht mithalten.«

Bei der Erwähnung meiner Freunde blickt Dr. Hennings endlich von seinen Notizen auf: »Wie sieht es denn mit Ihrem Freundeskreis aus? Hat sich da in der letzten Zeit etwas verändert?«

»Eigentlich alles.« Warum sollte ich jetzt noch etwas verschweigen.

»Ich hab es einfach nur noch anstrengend gefunden, mich zu verabreden. Mich anzuziehen, das Haus zu verlassen, durch irgendwelche Bars zu ziehen und so zu tun, als hätte ich Spaß dabei. Darauf zu achten, die anderen nicht zu langweilen. Dabei war alles, was ich wollte, so schnell wie möglich in mein Bett zu kommen und mir die Decke über den Kopf zu ziehen. Später … hab ich diesem Drang immer öfter nachgegeben. Verabredungen abgesagt, Partys gemieden, mich nicht mehr gemeldet. Und irgendwann … bin ich auch einfach nicht mehr gefragt worden. Das war manchmal traurig, aber irgendwie auch sehr erleichternd. Da hatte ich endlich meine Ruhe.«

»Sie leben in einer festen Beziehung?«

»Ja. Und ich habe ein paar wirklich gute Freundinnen. Aber denen kann ich ja auch nicht in Endlosschleife mein Leid klagen, oder? Irgendwann sind die am Ende ihrer guten Ratschläge angekommen. Außerdem war ich ganz schön aggressiv in der letzten Zeit. Ich hatte oft krasse Stimmungsschwankungen.«

Ich zupfe noch mehr Taschentücher aus der riesigen Vorratspackung.

»Ich glaube, es ist momentan nicht gerade unanstrengend, mit mir befreundet zu sein, auch wenn man sich sehr viel Mühe gibt.«

Ich frage mich, ob Dr. Hennings jemals eine Patientin

hatte, die ihm schon in der ersten Stunde so bereitwillig die Ohren vollgeheult hat wie ich. Während ich mir ausgiebig die Nase putze und meine verquollenen Augen reibe, schreibt er konzentriert offenbar wichtige Dinge auf, die ich gesagt haben muss.

Das gibt mir Zeit, mich in dem kleinen Raum umzusehen. Es herrscht eine dezente, gemütliche Unordnung. Am Fenster steht ein Schreibtisch, beladen mit Akten, Papieren, Zetteln. Dort stapelt sich also das Unglück, durch das sich Dr. Hennings Tag für Tag arbeiten muss. Ob *er* wohl glücklich ist mit seinem Job?

Er ist fertig mit seinen Aufzeichnungen und sieht mich an:

»Was versprechen Sie sich von Ihrem Aufenthalt bei uns in der Klinik?«

Plötzlich fühle ich mich wie in einem Bewerbungsgespräch und fange nervös an, das Papiertaschentuch in meiner Hand zu zerknüllen.

»Ich weiß nicht, ob versprechen das richtige Wort ist. Im Moment verspreche ich mir selbst nicht besonders viel. Weil mir bis jetzt auch einfach keiner helfen konnte.«

Ich schluchze schon wieder. Gott, ist das peinlich. Und auf der anderen Seite so befreiend. Endlich mal diese geballte Traurigkeit jemandem vor die Füße zu werfen, ohne Rücksicht auf Verluste.

»In den letzten Tagen wollte ich mich am liebsten in Luft auflösen. Oder einfach monatelang schlafen. Aber ich weiß, dass es auch mal anders war. Früher hatte ich Pläne, ich hatte Energie, ich hatte Spaß. Jetzt sehe ich überhaupt keinen Sinn mehr. Ich will nicht zu viel erwarten. Aber das allerschönste … wäre für mich, endlich wieder Lust aufs Leben zu bekommen.« Ich höre mir selbst zu und schäme mich, so einfältige Sätze von mir zu geben. Aber das ist die

Wahrheit. Es wäre großartig, einfach wieder leben zu wollen. Dr. Hennings sagt nichts zu meinem Wunsch. Er nickt.

»Wir werden Sie erst mal für sechs Wochen hier behalten. Danach können wir gemeinsam entscheiden, ob es Ihnen besser geht, oder ob Sie Ihre Zeit bei uns noch verlängern wollen.«

Und dann schaut er, plötzlich sehr geschäftig, auf seine Uhr: »Die Zeit ist um, Frau Winter. Aber ich möchte, dass Sie sich bis zu unserem nächsten Treffen darüber Gedanken machen, wann genau in Ihrem Leben das angefangen hat, mit der Traurigkeit.«

Ich bin enttäuscht, dass es schon vorbei ist. Es ist ein seltsames Gefühl, einem Fremden sein Innerstes zu offenbaren. Und nun, wenn mein Gegenüber auf die Uhr schaut, wird mir klar, dass er lediglich einen Job macht. Ich fühle einen kleinen, beleidigten Stich in meinem Herzen. Wir stehen auf, und er gibt mir zum Abschied die Hand.

Ich muss mich sehr überwinden, um meine letzte Frage zu stellen. Im Hinausgehen drehe ich mich mit aller Entschlossenheit noch mal zu ihm um:

»Herr Dr. Hennings … bin ich … bin ich hier eigentlich richtig?«

Er lächelt mich amüsiert und ein bisschen nachsichtig an.

»Ja, Frau Winter. Ich fürchte, Sie sind hier verdammt richtig.«

Mit Katharina im Hinterkopf ist es leichter, in den Speisesaal zu gehen. Als ich kurz nach der verabredeten Zeit zum Abendessen in den linken Flügel des Raumes komme, gehe ich fast schon selbstbewusst an den runden, mit durchsichtigen Plastikdecken bezogenen Tischen und den aufgeregt quasselnden Patienten vorüber zum Buffet.

Katharina sitzt nicht allein am Tisch. Ihr gegenüber sitzt ein Mann. Ein Mann in einem Kleid. Es ist der Typ, dem Katharina am Tag unserer Einweisung so ungläubig hinterhergestaunt hatte. Dieses Mal trägt er weder Lippenstift noch Wimperntusche. Nur dieses schlichte schwarze, langärmelige Kleid. Doch bei aller Schlichtheit – an einem Mann wirkt es immer noch extravagant. Ich nehme mir zwei belegte Brötchen und eine Tasse Tee vom Buffet und gehe auf Katharinas Tisch zu. Die beiden sind offensichtlich in ihr Gespräch vertieft; ich kann sehen, wie sehr Katharina an seinen Lippen hängt.

»Hallo, ich bin Mila«, sage ich zu dem Mann und setze mich neben Katharina.

Katharina strahlt. »Und das ist Ron.«

Ron reicht mir die Hand über den Tisch. Sein Händedruck ist unangenehm weich. Menschen mit weichem Händedruck gehen bei mir gar nicht. Männer mit weichem Händedruck noch weniger. »Ron erzählt mir gerade von seiner Transsexualität. Er ist eine Frau im Körper eines Mannes.«

Was für ein Gesprächseinstieg, denke ich, während ich mit dem Messer die fingerdicke Butter von meinen Brötchen kratze. Ron wirkt auch ein bisschen verlegen und pickt imaginäre Brotkrumen von der Tischdecke. Ich versuche, ihm entgegenzukommen:

»Ich wollte euch nicht stören. Falls du vor mir nicht darüber reden willst …«

Ron schüttelt den Kopf und macht eine wegwerfende Handbewegung.

»Nö, schon gut. Der Therapeut hat gesagt, ich muss mich daran gewöhnen, es zu erzählen.«

»Er hatte erst vor einem Jahr sein Outing«, fällt Katharina ihm schon wieder ins Wort. Sie klingt, als wäre sie stolz auf ihn. Ich bin irritiert von ihrem Enthusiasmus. Aber Ron scheint es nicht zu stören.

»Ja, stimmt«, sagt er mit einem kurzen Blick zu Katharina. Und dann zu mir: »Ein ganz schöner Schock für meine Familie.«

Ich versuche, mich in diesen merkwürdig männlichen Mann hineinzuversetzen: »Das glaube ich. Aber deine Eltern haben doch bestimmt schon vorher was geahnt, oder?«

»Meine Eltern schon«, antwortet Ron ziemlich laut. »Aber meine Frau nicht. Und meine Tochter auch nicht.«

»Du warst verheiratet?«

Katharina, die die ganze Geschichte schon zu kennen scheint, schaut mich von der Seite an. »Wahnsinn, oder?«

Ich nicke.

»Ich *bin* verheiratet«, sagt Ron und lehnt sich in seinem Stuhl zurück. »Die Frage ist halt eben nur, wie lange noch.«

Geradezu beängstigend, wie schnell man sich hier näherkommt. »Aber … warum bist du hier? Ich meine, das, was du hast, ist doch keine Krankheit, oder?« Ich versuche so zu tun, als wüsste ich, worüber ich rede.

»Nö. Eine Krankheit ist es nicht«, wiederholt Ron, wie um es sich selbst noch einmal klarzumachen. »Es ist eher das Drumherum, was krank macht. Ich meine, verheimliche du doch mal dein halbes Leben lang, dass du eigentlich ein Mann bist.« Er schaut mich erwartungsvoll an, als hätte er einen besonders guten Witz gemacht, aber mir ist gerade so gar nicht nach Lachen. Ron merkt das. »Na ja. Das ist es jedenfalls, was krank macht. Also eigentlich bin ich nicht hier, weil ich eine Frau sein will, sondern wegen meinen Depressionen. Genau wie ihr.«

Jetzt bin *ich* peinlich berührt. »Du bist ja schon gut informiert.« »Ich habe ihm ein bisschen was erzählt«, sagt Katharina entschuldigend. »Das war doch in Ordnung?«

»Schon okay«, sage ich und schiebe meinerseits Brotkrumen von links nach rechts. Eigentlich ist es nicht okay. Ich will selber bestimmen, wem ich von meiner Krankheit erzähle und wem nicht. Und ich bin mir nicht sicher, ob dieser seltsam grobschlächtige Typ, der da vor uns sitzt, meine erste Wahl ist. Diese Krankheit fühlt sich noch zu neu an, um sie jetzt vor ihm hier auf der Plastiktischdecke des grell erleuchteten Speisesaals auszubreiten. Aber irgendwie ist es auch egal. Gegen die Story, die Ron uns gerade zum Abendessen serviert, ist meine Depression sowieso eher lachhaft.

»Und seit wann trägst du diese Klamotten? Und die Schminke? Seit wann machst du das?«, fragt Katharina interessiert.

»Das ist alles noch ganz frisch. Ich hab erst hier so richtig damit angefangen.« Ron zupft am Saum seines Kleides. »Mein Therapeut meinte, wenn ich ernsthaft überlege, als Frau leben zu wollen, wäre das hier die beste Umgebung, um damit anzufangen.«

»Da hat er wohl recht«, murmele ich und nehme mir einen der Äpfel von der Tischmitte.

Ron starrt auf seinen Teller. »Ich probier hier ganz in Ruhe, wie weit ich gehen will.«

»Ziemlich weit, offensichtlich«, sagt Katharina mit einem fast bewundernden Blick auf Rons Kleid. Und der antwortet:

»Man könnte noch viel weiter gehen.«

»Wie jetzt?«, fragt Katharina irritiert.

»Ich könnte auch die Ärzte hier um so ein Gutachten bitten. Da steht dann, dass es eine zu große Belastung für mich ist, weiter in meinem männlichen Körper zu leben.«

»Eine Geschlechtsumwandlung?« Katharina staunt für

meine Begriffe ein bisschen zu laut. Die Patienten an den umstehenden Tischen verstummen langsam.

»Geschlechtsangleichung heißt das dann«, korrigiert Ron sie leider nicht weniger laut. Was ist das hier? Eine Freakshow, bei der jeder mit seinen Problemen am Abendbrottisch hausieren geht? Er fährt fort. »Und ich weiß nicht, ob ich es machen will. Es ist halt eine Möglichkeit.«

»Ist das auch eine Möglichkeit für deine Frau?«, frage ich genauso indiskret wie Katharina, während ich mich bemühe, den Apfel mit einem der stumpfen Messer aufzuschneiden. Alle Messer in der Klinik sind schrecklich unscharf.

»Nein«, sagt Ron. »Meine Frau hat mich vor die Wahl gestellt. Entweder ich bleibe ein Mann und wir eine Familie. Oder ich werde eine Frau. Dann aber ohne sie und die Kinder. Gib das mal her.«

Er nimmt mir den Apfel aus der Hand und schneidet ihn sehr routiniert in kleine Stücke. Ich betrachte, wie sich dabei die Muskeln unter seinen behaarten Unterarmen bewegen. Irgendwie geht mir das hier gerade alles ein bisschen zu schnell und zu nah. Ich nehme mir zwei Apfelstücke von Rons Teller und stehe auf. »Ich … hab noch was zu erledigen«, sage ich und frage mich, was das wohl sein könnte. Aber Katharina und Ron nicken nur beiläufig. Als ich mich noch einmal umdrehe, sind die beiden schon wieder intensiv im Gespräch. Ich frage mich, was sie an ihm findet.

Die nächsten Tage verbringe ich mit Dr. Hennings Hausaufgabe: Ich versuche, mir darüber klar zu werden, wann alles angefangen hat. Sitze oft mit den anderen Verrückten auf der Klinikwiese, starre in die Luft und spule im Kopf mein Leben zurück. An manchen Stellen halte ich an.

Ein Sonntagabend vor ein paar Wochen. Ich saß bei meinem Freund auf dem Sofa. Im Fernseher flimmerte der Tatort, *den Ton musste jemand abgestellt haben. Mein Freund redete auf mich ein. Ich wollte nicht zuhören. Ich wollte nicht antworten. Ich wollte nichts verstehen. Ich wollte nicht nachdenken. Ich wollte keine Lösung finden. Ich wollte nur weinen. Nur weinen und mit meinem Taschentuch voller Tränen über den Sofastoff streicheln. Das war alles, was ich ertragen konnte. Zwei Stoffe, die aneinanderreiben. Hin und her.*

Mein Freund saß neben mir. Starrte mich an. Er, den ich in den Jahren nie habe weinen sehen, weinte plötzlich auch. Es war der Moment, in dem ich realisierte, dass ich krank sein muss.

Den Kloß in meinem Hals würge ich mit ein paar Weingummis herunter. Nicht besonders erfolgreich. Trotzdem spule ich weiter.

Ein Tag im Juli. Ich kam von der Arbeit, war auf dem Weg nach Hause. Ich ging die lange, verkehrsberuhigte Straße hinunter bis zur Haltestelle, als ich plötzlich keinen Grund mehr darin sah, weiterzuleben. Noch immer schien mir die Frühlingssonne direkt ins Gesicht. Noch immer lenkten blasse Vorstadtmütter ihre Kinderwägen an mir vorbei. Und noch immer lag die zufriedene Ruhe des bevorstehenden Wochenendes auf der Straße. Um mich herum hatte sich nichts verändert. Aber in mir drin hatte soeben jemand das Licht ausgeknipst. Ich sah keinen Grund mehr darin, weiterzuleben, und ich sah erst recht keinen Grund mehr, weiterzulaufen. Ich verspürte plötzlich nur noch den großen, fast unwiderstehlichen Wunsch, mich hier und jetzt einfach fallen zu lassen. Auf dem Bürgersteig liegen zu bleiben und alle Verantwortung abzugeben. Ich wollte es anderen überlassen, was aus mir wird.

Wo ist der Anfang vom Faden? Gibt es einen Anfang? Oder zieht sich die Traurigkeit durch mein ganzes Leben?

Auf dem Weg in mein Zimmer komme ich an den Postfächern vorbei. In meinem Fach liegt schon ein Zettel. Darauf stehen meine Termine für die nächsten sechs Wochen. Einzeltherapie, autogenes Training, Massage und Gymnastikstunde. Kein Termin geht länger als eine Stunde. Ich habe im Schnitt etwa zwei Termine am Tag. Und den Rest der Zeit?

Kein Weckerklingeln, kein Frühstückmachen, kein Arbeitsweg, kein Smalltalk mit Kollegen, keine Arbeit, keine Meetings, keine E-Mails, kein Feierabendverkehr, kein Einkaufen, keine Rechnungen durchsehen, kein Aufräumen, kein Putzen, kein Müllrausbringen, kein Friseurtermin, keine Kinoverabredung, kein Weckerstellen. Ich beschließe, erst mal wieder ins Bett zu gehen.

Ein Freitagnachmittag im Mai letzten Jahres. Ich lag auf meinem Bett und wartete. In den Momenten, in denen ich nicht weinte, wartete ich oft. Stundenlang. Ich wartete darauf, mich in Luft aufzulösen. Ich wünschte mir, dass sich langsam, Stück für Stück, die Moleküle meines Körpers von mir abspalteten und ich immer weniger werden würde. Dass die einzelnen Atome durch den Raum flögen, durch das Fenster nach draußen und von dort ins Universum, ins Nichts. Aber nur der Teil mit dem Nichts passierte. Ich lag auf dem Bett, ein Elend aus einem Häufchen Moleküle, die sich weigerten, sich in Luft aufzulösen. Wenn ich nicht weinte, versuchte ich zu schlafen. Im Schlaf hing ich zwischen den Dingen. Leben wollte ich nicht. Ich wollte auch nicht sterben. Tot sein? Vielleicht. Der Schlaf ist der kleine Bruder des Todes, sagt man, aber eine gute Alternative war der Schlaf auch nicht. Denn irgendwann wachte ich wieder auf. Und das war das Schlimmste.

Die Zeit läuft an mir vorbei. Ich beachte sie nicht. Ich muss nicht mehr arbeiten, und plötzlich hat sie ihre wichtigste Bedeutung für mich verloren. Es gibt wenig Gründe, auf die Uhr zu sehen, wenn man so gut wie keine Termine mehr hat. Meine einzige Aufgabe ist das Zurückspulen.

Ich sah der Wohnung dabei zu, wie sie langsam im Chaos versank. Für Hausarbeit hatte ich keine Kraft mehr. Und überhaupt: Der Staub fiel und fiel, ich putzte und putzte, was hatte das für einen Sinn? Fast belustigt sah ich meinem Freund dabei zu, wie er versuchte, den Haushalt für mich zu schmeißen. Verzweifelt füllte er die Waschmaschine mit einer Mischung aus Bunt-, Weiß- und Feinwäsche. Ich warnte ihn nicht. Meine Kleider, die alle verfärbt und irgendwie zu eng wirkten, waren mir egal. Und doch flippte ich manchmal beim kleinsten Missgeschick aus. Als mir in der Küche ein Teller herunterfiel, war ich mit einem Mal so wütend und überfordert, dass ich anfing, hysterisch zu schreien und zu weinen. Mein Freund führte mich aus der Küche aufs Sofa. Von dort aus hörte ich, wie er die Scherben von den Fliesen zusammenfegte und in den Mülleimer warf. Mir fiel auf, dass er mich in den vergangenen Wochen nur noch selten alleine ließ.

Immer weiter spule ich zurück. Es wird schwieriger, die Erinnerungen verschwommener. Und je weiter ich spule, desto tiefer tauche ich in meine eigene Seele ein.

Im Frühling diesen Jahres ertappte ich mich dabei, dass ich auf Partys keinen Spaß mehr hatte. Sondern nur noch so tat. Eine Zeit lang schob ich das auf die Partys. Aber irgendwann merkte ich, dass sich in mir etwas verändert hatte. Meine Freunde mir auf die Nerven gingen. Genau wie meine Arbeitskollegen. Und meine Familie. Und die vielen Menschen auf der Straße. Gesichter, Lärm, Hektik.

Die Tabletten, die ich schluckte, um mich wahlweise wach oder schmerzfrei zu fühlen, wurden jede Woche mehr.

Die Einzigen, bei denen ich mich noch wohl fühlte, waren meine Couch und ihr bester Freund, der Fernseher. Wir saßen da, meine Couch und ich, ganz still. Und der Fernseher plärrte seine ewig gleichen Geschichten in meine dunkle, ruhige Wohnung. Woche für Woche. Monat für Monat.

Der Fernseher in der Klinik schafft es leider nicht mehr, mich abzulenken. Ich sitze im Gemeinschaftsraum zwischen den anderen Patienten in der Dunkelheit und beobachte die erschöpften Gesichter um mich herum, die vom Fernseher in grelles Licht getaucht werden. Ich kann mich nicht auf den Film konzentrieren.

Die Erinnerung an meine Beförderung ist nun schon gut ein Jahr alt. Ein neuer Vertrag lag eines Morgens auf meinem Schreibtisch. Darin stand, dass ich in Zukunft mehr bekommen sollte. Mehr Verantwortung, mehr Mitbestimmung, mehr Gehalt. Neben dem Schreibtisch stand mein Chef und wartete darauf, meine Freude zu spüren. Ich hab ihm den Gefallen getan, obwohl ich selber eigentlich nichts gespürt habe. Am Abend habe ich meinen Vater angerufen, um ihm von meinem Erfolg zu erzählen. Sein Stolz würde mich bestimmt endlich glücklich machen. Der Vertrag lag direkt vor mir; ich betrachtete die Zahl, die dort stand, in der Mitte des Textes, etwas hervorgehoben stand sie da und fast ein bisschen stolz. Mein neues Gehalt, das alte hatte sich fast verdoppelt. »Papa, hier ist Mila. Stell dir vor, ich bin befördert worden.« Mein Vater, der in einem Monat womöglich so viel verdient wie ich in einem ganzen Jahr, klang so begeistert, wie er eben klingen konnte:

»Das ist ja großartig. Und was genau bedeutet das?« Ich erzählte von neuen Projekten, Verantwortlichkeiten und natürlich auch von der Zahl, die da so selbstbewusst in meinem Vertrag stand. »Gut gemacht, Milena«, sagte mein Vater am anderen Ende der Leitung. Gut gemacht? Das war alles? »Papa, ich … ich weiß auch nicht, aber … ich bin irgendwie gar nicht glücklich darüber. Ich fühl mich eher … leer.« Irritierte Stille am anderen Ende. Dann Erleichterung, als er die seiner Meinung nach passende Begründung für meine seltsamen Gefühle fand. »Du bist einfach erschöpft, Milena. Hast eben viel gearbeitet für diesen Erfolg. Mach dir ein ruhiges Wochenende, schlaf dich aus, danach sieht die Welt wieder anders aus.« Nachdem wir uns verabschiedet hatten, legte ich meinen Kopf auf den Tisch. An meiner Wange spürte ich das weiche, hochwertige Papier, auf das meine Firma Verträge druckt. Irgendwas lief hier falsch. Und zwar nicht erst seit heute. Wofür tat ich das alles eigentlich, wenn es mich nicht glücklich machte? Und: Was hatte ich erwartet, als ich meinen Vater anrief? Dass er mir ein Sternchen unter meinen Vertrag malte? Langsam kitzelte sich eine Träne über meine Wange, tropfte vom Kinn auf das Papier und wurde sofort eingesogen. Ich hob den Kopf, nahm den Vertrag in beide Hände und starrte die Zahl an, die von nun an mein Gehalt sein sollte. »Mach mich glücklich, Zahl!«, forderte ich sie auf. Aber die Zahl wirkte nur gelangweilt.

Ich finde meine Notfallpillen nicht. Gehe ins Badezimmer, schütte den Inhalt meiner Kulturtasche auf die Fliesen. Lippenstifte, Shampooproben und Tampons fallen heraus. Wie gut, dass ich mir Pillenvorräte an verschiedenen Orten angelegt habe. Ich finde zwei Schmerztabletten. Besser als nichts. Angenehm benebelt liege ich im weichen Klinikbett und tauche immer weiter ein in meine eigene Vergangenheit. Keine Ahnung, warum mir gerade jetzt wieder eine Geschichte einfällt, die meine Mutter mir über mich erzählt hat:

Als Kind malte ich monatelang immer wieder das gleiche Bild. Ich hatte rote, blaue, gelbe Filzstifte, die ganze Palette, keine Ahnung, warum mich diese Farben nicht interessiert haben. Ich griff immer zum gleichen Stift. Irgendwie war schwarz die einzige Farbe, die ich damals verstand. Ich malte hunderte Male hintereinander ein schwarzes Urknäuel. Schwarze Kreise und Schlaufen, immer mehr, nebeneinander, übereinander. In der Mitte des Knäuels fuhr ich mit dem Filzstift so lange über das Malpapier, dass es sich langsam aufweichte, immer dünner wurde und schließlich riss. Erst mit Loch war das Bild komplett, und ich brachte es meiner Mutter. Die hat das irritiert. Wahrscheinlich hat es sie an eine Szene aus einem schlechten Horrorfilm erinnert. Sie versuchte ein paarmal, es mit Humor zu nehmen. Hielt das Papier vor ihr Gesicht, schaute mich mit einem Auge durch das Loch hindurch an und machte dabei komische Geräusche. Sie wollte mich wohl zum Lachen bringen. Aber ich glaube, ich habe als Kind selten gelacht. Meine Mutter sammelte Bild für Bild in einem Ordner, der immer dicker wurde. Blatt für Blatt sortierte sie meine schwarzen Löcher ins Regal.

Als der Soundtrack meiner Melancholie nicht mehr weiter zurückzuspulen ist und ich am Ende oder besser am Anfang meiner Vergangenheit angekommen bin, tauche ich langsam wieder im Klinikalltag auf. Aus irgendeinem Grund scheint Ron zu denken, wir wären jetzt befreundet. »Todschickes Kleid hast du da an«, ruft er mir eines Abends am Buffet über die Käseplatte hinweg zu. Ich spüre, wie ich rot werde. Warum muss Ron nur jedes Mal so laut schreien? In solchen Momenten schaltet sich meine innere Kamera immer noch automatisch an. »Kann ich das mal anprobieren?«, fragt Ron und streichelt bewundernd über den eng anliegenden Jerseystoff meines Kleids.

»Ich befürchte, das ist dir ein bisschen zu eng«, antworte ich ausweichend, trete einen Schritt nach links und tue so, als würden mich die lieblos drapierten, hartgekochten Eierhälften mit Petersilie außergewöhnlich stark interessieren. »Könnte sein«, räumt Ron ein. »Aber deine Ohrringe musst du mir unbedingt mal ausleihen.«

Ich werfe ihm einen schnellen Blick zu; zu meinem Erstaunen befinden sich tatsächlich Löcher in seinen fleischigen Ohrläppchen. »Ja, mal sehen«, sage ich kapitulierend. Ron lächelt selbstzufrieden und tapst weiter am Buffet entlang.

2

ZWEITE WOCHE

»Es bringt nichts. Ich kann Ihnen nicht sagen, wann das alles angefangen hat. Ich war schon immer ein melancholischer Mensch. Schon als kleines Kind«, beklage ich mich in der nächsten Stunde bei Dr. Hennings. Ich bin ziemlich froh, endlich wieder in seiner Sprechstunde zu sitzen. Die letzten Tage waren anstrengend und haben eine Menge Gedanken produziert, die darauf warten, bei ihm abgeladen zu werden. Ich bin immer noch erstaunt, wie schnell es ging, ein Vertrauensverhältnis aufzubauen. Wenigstens eine Sache, die schnell ging. Dr. Hennings nickt und schreibt. Was zum Teufel schreibt er da immer?

»Und mit dieser Schlussfolgerung sind Sie nicht zufrieden?«, fragt er mich und blickt auf. Ich bin überrascht. Er hat recht. Zu verstehen, dass man schon immer so war, das ist ja auch eine Erkenntnis.

»Wie waren Sie als Kind denn, wenn Sie sagen, Sie waren melancholisch?«

Was ist es, an diesen Fragen, an dieser Tonlage, das mir sofort wieder die Tränen in die Augen schießen lässt? Ich zucke mit den Schultern, presse die Lippen zusammen. Warum jedes Mal dieser Kampf, um nicht zu weinen? Den verliere ich doch sowieso.

»Können Sie mir vielleicht eine Situation schildern, die beschreibt, was Sie meinen? Erinnern Sie sich an etwas?«

Heiß laufen mir die ersten Tränen über die Wangen.

In dieser Stunde reden wir über eine Zeit, die so lange vergangen zu sein scheint, dass ich meine Gefühle von damals eher ahne, als erinnere. Genau genommen könnten es eigentlich auch die Gefühle eines anderen Menschen sein.

Wir reden über das unlösbare Rätsel, das ein Vater einem Kind hinterlässt, wenn er plötzlich nicht mehr da ist. Die seltsamen Schlussfolgerungen, die es daraus zieht; die Fehler, die es bei sich sucht. Und die Angst, die bleibt. Nicht gut genug, nicht liebenswert genug, nicht hübsch genug gewesen zu sein. Ich fühle mich verstanden, nicht nur von Dr. Hennings, zum ersten Mal auch von mir selbst.

Trotzdem kommt mir die Sache zu einfach vor: »Ich kann doch jetzt nicht den Bogen von dieser Tatsache in meiner Kindheit zu meiner Depression spannen, oder?«

Dr. Hennings schüttelt seinen klugen grauen Kopf. »Nun, ich will es mal so sagen: Da ist nicht nur ein Bogen zu spannen. Oder – um ein passenderes Bild zu verwenden: Ihre Psyche ist nicht nur ein einzelner Faden, bei dem man nur nach dem Anfang suchen muss, um die Vergangenheit dann sauber nach und nach aufspulen zu können.«

Ich mag es, wenn Dr. Hennings in Bildern spricht. Ich habe das Gefühl, diese Art von Sprache wählt er nur für mich, weil er weiß, dass ich sie besser verstehe.

»Das heißt, es gibt keinen Anfang vom Faden?« Diesen Anfang systematisch zu suchen, war mir als eine schöne und übersichtliche Aufgabe erschienen, die ich mit viel Fleiß und Nachdenken bestimmt irgendwann gelöst hätte.

»Das heißt, es gibt nicht nur einen Anfang. Und es gibt auch nicht nur einen Faden. Es ist eher ein riesiger Teppich«, malt Dr. Hennings das Bild meiner Psyche weiter aus.

»Ein Teppich aus Tausenden von Fäden, die mal hier und mal dort anfangen, miteinander verbunden sind, verworren, zum Teil vielleicht verknotet.«

Mit den Händen versucht er, ein diffiziles Gebilde in der Luft nachzumalen. Ich lächle ihn etwas verzweifelt an.

»Keiner verlangt, dass Sie all die Fäden Ihres Teppichs entwirren, Frau Winter. Das kann niemand, auch ich nicht. Sie bekommen keinen Preis dafür, wenn Sie möglichst schnell und effektiv Fäden ziehen. Wir werden ein paar von den Fäden rausziehen, die wir für wichtig halten. Vielleicht haben wir Glück und dröseln einige von denen auf, die Ihre Seele verknoten. Und wenn Sie diese Klinik verlassen, werden auch nicht alle Ihre Probleme gelöst sein.«

Ich stimme ihm brav zu, weiß aber genau, dass ich noch einige Zeit brauchen werde, um mich von seinem Bild zu erholen. Eine Zeitlang sitzen wir einfach nur da und hängen unseren Gedanken nach.

Dann wechselt Dr. Hennings abrupt das Thema: »Sie haben im Aufnahmegespräch gesagt, dass Sie sich am liebsten in Luft aufgelöst hätten.«

Ich nicke.

»Haben Sie auch mal den Gedanken gehabt, sich umzubringen?«

Ich nicke wieder, diesmal allerdings ein bisschen zögerlicher.

»Na ja, mich umzubringen wäre vielleicht zu viel gesagt. Ich würde nur gerne … einfach nicht mehr da sein. Vielleicht auch tot sein, ja. Aber um sich umzubringen, muss man sich einen Plan machen, ihn vorbereiten und am Ende auch ausführen. Für so viel Aktion hatte ich gar keine Energie mehr.«

Dr. Hennings nickt. Ich habe das Gefühl, etwas Richtiges zu sagen, und spreche weiter.

»Aber es gab Tage, da bin ich über die Straße gegangen und habe gedacht: Wenn dich jetzt einer totfährt, auch gut.«

Wieder nickt Dr. Hennings bestätigend. Ich muss auf eine Ader gestoßen sein, sage aber nichts mehr, weil ich keine anderen Worte mehr habe, um dieses Gefühl zu beschreiben.

Als die Stille andauert, sagt Dr. Hennings: »Was Sie da schildern, ist ein klassisches Phänomen bei Depressiven. Man nennt diese Gedanken ›passive Sterbewünsche‹.«

Irgendwie faszinierend und enttäuschend zugleich, dass meine Depression so wenig einzigartig ist. Ich hatte mich für viel komplizierter und, wenn ich ehrlich bin, auch für interessanter gehalten. Aus welchem bescheuerten Grund habe ich eigentlich angenommen, für Dr. Hennings eine besondere Patientin, ein interessanter Fall zu sein? Und: Warum ist mir das so wichtig?

Ich schaue ihn an und versuche gerade zu verstehen, woher dieser seltsame Wunsch kommt, als er mich fragt: »Haben Sie eigentlich schon mal darüber nachgedacht, ein Psychopharmakon zu nehmen?«

Ich nicke. »Eine Psychiaterin hatte mir schon vor ein paar Wochen welche verschrieben, aber ich hatte Angst, sie zu nehmen.«

»Wovor hatten Sie Angst?«

»Ich weiß es nicht genau. Vielleicht davor, dass ich mit den Tabletten meine Probleme verdränge. Oder mich nicht mehr fühle, wie vorher. Meine Persönlichkeit verändere. Vielleicht überdecken die Tabletten meine Traurigkeit und lassen mich vergessen, wie schlecht es mir geht. Dann ist meine Seele immer noch unglücklich, aber irgendwelche Stoffe in meinem Körper tun so, als wäre alles in Ordnung und …«

»Antidepressiva sind Heilmittel, Frau Winter. Sie werden

nicht Ihre Persönlichkeit verändern. Und sie werden Sie auch nicht vergessen lassen, was Sie so traurig macht. Es wird einfach ein bisschen leichter für Sie.«

Ich unterbreche ihn. »Na ja, ich hab ja dann auch trotzdem welche genommen.« Ich krame in meiner Tasche, hole die weiß-blau gestreifte Packung heraus und lege sie auf den Tisch. Während Dr. Hennings sie betrachtet, sage ich: »Vor zwei Wochen habe ich die Erste genommen. Ich dachte, entweder du springst jetzt aus dem Fenster, oder du nimmst diese Tabletten.« Dr. Hennings schaut mich leicht bestürzt an. »Übertrieben gesagt«, ergänze ich schnell.

»Dann dürften Sie bis jetzt außer den Nebenwirkungen nicht besonders viel gemerkt haben.«

Ich nicke. Eigentlich hatte ich noch gar nichts gemerkt. »Solche Antidepressiva wirken erst nach circa drei Wochen. Ich sehe allerdings ... das hier sind beruhigende Mittel.« Er gibt mir die Packung zurück. Ich ziehe die Augenbrauen hoch.

»Es gibt, grob gesagt, zwei Sorten von Antidepressiva. Die einen sind antriebssteigernd und machen Sie sehr munter. Die sind für Patienten, die sehr lethargisch sind, nicht aus dem Bett kommen. Die andere Sorte ist eher schmerzdämpfend und beruhigend und kann unter Umständen sehr müde machen.« Er deutet mit einem Kopfnicken auf meine Tabletten: »Sie haben auf jeden Fall Letzteres bekommen. Ich vermute, dass die Psychiaterin Sie damit erst mal zur Ruhe bringen wollte. Es sieht so aus, als ob sie sich wirklich Sorgen gemacht hat.«

Ich nicke, während er weiterspricht. Genau weiß ich gar nicht mehr, wie es war. Ich kann mich nur noch an das immer gleiche Wort erinnern, welches mir durch den Kopf ging, während ich bei dieser Frau im Behandlungszimmer saß: ANTIDEPRESSIVA. »Die Nebenwirkungen können auch mal etwas heftiger ausfallen, als man das in der Regel kennt. Ich persönlich hätte Ihnen lieber etwas Antriebssteigerndes gegeben. Aber – probieren Sie es jetzt mal noch ein paar Tage aus.«

Na, das wird ja ein schönes Abenteuer, denke ich, während Dr. Hennings langsam aufsteht, um mir das Signal zu geben, dass meine Zeit bei ihm nun wieder rum ist. »Übrigens … «, er zieht einen Zettel aus dem Blätterberg seines Schreibtischs hervor, »ab nächster Woche fängt Ihre Gruppentherapie an. Das ist einmal in der Woche. Raum, Uhrzeit und Regeln für diese Treffen – steht alles auf diesem Infoblatt.«

Ich stehe ein bisschen schwerfällig auf und will, genau wie letztes Mal, eigentlich noch gar nicht gehen. Aber Dr. Hennings hat einen eng gestrickten Stundenplan, an den er sich halten muss. Sanft lasse ich mich von ihm aus der Tür schieben, vor der schon die nächste Patientin sehnsüchtig auf ihn wartet.

Auf dem Weg in mein Zimmer komme ich an einer Gruppe Magersüchtiger vorbei. Sie sind – neben den dicken Adipositaspatienten, die unter Esssucht leiden – in der Klinik wohl am leichtesten zu erkennen. Mein Blick fällt auf ihre Beine. Sie haben Knie wie Äpfel, die auf Stöcke gespießt wurden, weil sie das Einzige am Bein sind, das nicht klein zu hungern ist. Dazu ein merkwürdiger Flaum auf Gesichtern und Armen. »Lanugobehaarung«, hat mir Clara fachmännisch erklärt. »Weil wir einfach eine niedrigere Körpertemperatur haben als Normalgewichtige. Uns wächst so eine Art Flaum, um uns zu schützen.« Fasziniert starre ich auf die dürren, flauschigen Unterarme. Ich fühle einfach nur Mitleid für diese verzweifelten Körper, die mit allen Mitteln versuchen, sich gegen das Verhungern zu wehren.

»Nimmst du eigentlich auch irgendwelche Medikamente?«, frage ich Clara, als ich zurück auf unserem Zimmer bin.

»Du meinst Psychopharmaka?«

Ich nicke unsicher.

»Ja, schon länger.«

Ich bin immer noch neu im Land der Verrückten, wird mir bewusst. »Und woher hast du sie?«

»Meine Psychiaterin verschreibt sie mir seit ein paar Monaten.«

»Verschreiben die hier allen Patienten irgendwelche Psychomedikamente?«, stelle ich jetzt Clara die Frage, die ich mich bei Dr. Hennings nicht zu fragen getraut habe.

»Woher soll ich das wissen? Aber so, wie ich das mitbekomme, sind hier schon ziemlich viele auf irgendwelchen Tabletten. Du wirst ja nicht gezwungen oder so. Die meisten, die ich kenne, sind froh, wenn sie Medikamente bekommen, weil das die Sache auf Dauer viel leichter macht.«

»Und wie ist es so, ich meine ... wie fühlt man sich?«

Clara grinst. »Naja, es kommt darauf an, was sie dir verschreiben. Ich war am Anfang ehrlich gesagt ganz schön drauf.«

Sie kramt in ihrer Nachttischschublade und hält mir eine kleine Packung Pillen mit einem unaussprechlichen Namen hin. Es sind andere als die, die ich habe. Ich muss ziemlich ängstlich aussehen, denn Clara stupst mich in die Seite:

»Na komm, du siehst auch nicht aus wie jemand, der in seinem Leben noch nie was mit bewusstseinserweiternden Stoffen zu tun gehabt hätte.« Sie lacht mich herausfordernd an. »Schließlich tun wir es für unsere Gesundheit, oder?« Manchmal kommt mir Clara erstaunlich ausgelassen vor für jemanden, der unter Depressionen leidet. Jetzt muss auch ich lachen.

»Und sag mal, was passiert, wenn jemand die Dinger nimmt und eigentlich gar nichts hat?«

»Du meinst, ein Normaler, nicht so ein Psycho wie wir?«

»Ja, genau.«

Und dann hält mir Clara, die tatsächlich begeistert Psychologie studiert, einen Vortrag über Rezeptoren im menschlichen Gehirn, über Glücksboten, Neurotransmitter und Wirkstoffe, deren Namen ich nicht kenne. Und während sie so vor sich hin plappert, fällt mein Blick aus dem Fenster nach draußen, wo langsam die Dämmerung einsetzt. Natürlich werde ich diese Mittel weiter nehmen, denke ich bei mir. Als ob ich eine Wahl hätte.

Später am Abend ruft mich Katharina über das Kliniktelefon an. Jeder Patient hat hier eines dieser riesigen, beigefarbenen Telefone neben dem Bett stehen, das unglaubliche Gebühren verschlingt, wenn man damit aus der Klinik raus telefoniert. Nur das interne Telefonieren ist umsonst und mittlerweile sehr beliebt bei Katharina und mir. Als ich den Hörer abnehme, flüstert sie aufgeregt: »Sag jetzt kein Wort. Ich habe gerade ein total abgefahrenes Gerücht über deine Mitbewohnerin gehört.« Ich sage nichts, schaue aber zu Clara rüber, die auf ihrem Bett sitzt und seelenruhig einen ihrer Psychowälzer liest. »Ist sie gerade da?« Genau in dem Moment schaut Clara kurz hoch und mir genau in die Augen. Ich gucke schnell auf die Bettdecke. »Ja.« Kichern in der Leitung. »Pass auf: Unten am See hat gerade eine von den essgestörten Mädels erzählt, Clara hätte einen Minikühlschrank in euer Zimmer geschmuggelt, um die ganzen Lebensmittel zu horten, die sie sich heimlich nachts reinstopft. Ist das nicht krass?« Ich schaue noch mal zu Clara, die jetzt wieder in die Seiten ihres Buches vertieft ist. »Schwachsinn«, zische ich etwas zu heiser ins Telefon. »Doch«, sagt Katharina, »der Kühlschrank soll vollgestopft sein mit Fleischwurst, das ist wohl ihr heimliches Laster …« – »Und was habe ich mit diesem bescheuerten Gerücht zu tun?!«, unterbreche ich sie extra laut, damit Clara mich hören kann. »Bist du wahnsinnig?«, kreischt Katharina am anderen Ende der Leitung. »Du sollst das doch nicht laut sagen. O Mann, ich dachte halt, ich muss der Sache sofort nachgehen, weil das alles so abgedreht ist. Und du sitzt nun mal an der Quelle.« Clara blättert jetzt nur noch in ihrem Buch, ich weiß, dass sie ganz genau hinhört. »Also ich sehe hier keinen Kühlschrank. Und Wurst kann ich auch keine riechen.« Ein Keuchen in der Leitung. »Menno, du Verräterin. Hat sie das jetzt gehört?«

Clara schlägt ihr Buch zu. »Wer auch immer da am Telefon ist, sie sollte leiser sprechen!«

Ich fühle rote, heiße Flecken langsam meinen Hals hinaufsteigen. Katharina ist ganz still geworden. Aber Clara bleibt locker: »Dieses bescheuerte Gerücht mit dem Minikühlschrank voller Wurst gibt es hier seit Ewigkeiten. Und es wird immer mal wieder einer anderen angehängt.« Sie geht an mir vorbei in Richtung Badezimmer. »Da hat euch jemand ganz schön verarscht. Aber wenn du mir nicht glaubst, kannst du gerne meinen Schrank nach Schinkenwurst durchsuchen, während ich dusche.«

Katharina hat alles gehört und schmollt am anderen Ende der Leitung. »Schade, war so 'ne coole Geschichte. Konnte man sich richtig gut vorstellen.« Als ich auflege, bin ich mir nicht sicher, ob ich mich aufregen oder lachen soll. Was für ein Irrenhaus.

In dieser Nacht bekomme ich Migräne. Ich habe schreckliche Schmerzen, aber keine Tabletten mehr. Nun muss ich fragen, wenn ich neue möchte. Auf diese Weise will sich die

Klinik einen Überblick über meinen »Konsum« verschaffen. Einer der wenigen Punkte, an denen sich die Fremdbestimmung hier nicht gut anfühlt. Eine Weile liege ich still im Bett, zu müde um etwas gegen die Schmerzen zu unternehmen. Wäre ich jetzt zu Hause, würde ich einfach meinen Freund bitten, mir etwas aus dem Medizinschränkchen zu bringen.

Irgendwann ist der Druck in meinem Kopf stärker als die Müdigkeit. Ich stehe auf, dabei wird mir mit einem Schlag schrecklich übel. Im Dunkeln tapse ich zur Tür und barfuß weiter über den Flur bis zum Schwesternzimmer. Ich war noch nie bei der Nachtschwester, aber jetzt, in der stillgelegten, schlafenden Klinik stelle ich sie mir vor wie einen Engel, der über die leeren Flure schwebt. Ein Engel, der sich Albträume anhört, Medikamente ausgibt und auch mal eine Umarmung anbietet.

Ich brauche heute nur ein Schmerzmittel. Aber das dringend; ich merke, wie die Dinge um mich herum an Form verlieren, zu schwanken beginnen. Endlich bin ich angekommen. Ich klopfe an die Tür der diensthabenden Nachtschwester. Nichts passiert. Der Engel scheint ausgeflogen zu sein. Erst jetzt entdecke ich das Schild an der Tür: »Bei Notfällen bitte Alarmknopf am Bett drücken«.

O nein. Den habe ich schon mal gesehen, den Alarmknopf. Der ist hier standardmäßig an jedem Bett installiert. Ob ich ihn auch bei Migräne drücken darf, weiß ich nicht. Ist vielleicht eher was für Leute, die sich die Pulsadern aufschneiden und es sich dann im letzten Moment noch mal anders überlegen. Ich gehe zurück ins Zimmer, ohne das Licht anzuknipsen. Clara schläft noch immer, ich höre ihre gleichmäßigen Atemzüge in der Dunkelheit. Auf dem Bett sitzend, lege ich meinen Finger auf den Alarmknopf. Aber ich traue mich nicht, ihn zu drücken. Es ist der *Alarmknopf*.

Für *Notfälle.* Ab wann darf man da draufdrücken, und wen holt man da wohl alles aus dem Bett? Ist meine Migräne ein Notfall? Oder meinen die damit die richtig schlimmen Fälle; also eigentlich nur die aufgeschnittenen Pulsadern? Ich nehme meinen Finger wieder runter. So schlimm ist es nicht. Ich atme ein, ich atme aus, der Schmerz verbeißt sich in mein Gehirn.

Ich drücke den verdammten Knopf.

Gespannt warte ich eine Minute, zwei Minuten. Die können wirklich froh sein, dass ich mir nicht die Pulsadern aufgeschnitten habe. Ich gehe schon mal auf den Flur, um die Schwester abzufangen und Clara bei meiner nächtlichen Aktion nicht zu wecken. Und dann kommt die Nachtschwester tatsächlich. Schwebt, genau wie der Engel, als den ich sie mir vorgestellt hatte, über den Flur. Sieht mich an und findet, dass meine Migräne sehr wohl ein Notfall ist, nimmt mich mit in ihr Schwesternzimmer und zaubert meine geliebten kleinen ovalen Pillen aus dem Schrank. »Eine Ausnahme«, seufzt sie und gibt mir einen Becher Wasser zum Runterspülen. Wir wissen beide, dass diese Schmerzmittel normalerweise von einem der Ärzte verschrieben werden müssten. Mir ist das egal. Ich schlucke das Mittel, danke ihr und laufe die nächtlichen Flure zurück bis in mein Zimmer. Dort lege ich mich ins Bett und lasse mich von der starken Wirkung der Pille erst einlullen und dann wegschwemmen.

Heute also zum ersten Mal Gruppentherapie. Dr. Hennings' Zettel mit den Regeln, die man dort einzuhalten hat, habe ich in der Zwischenzeit auswendig gelernt.

Die Sitzung wird eine Stunde dauern und soll Patienten mit vergleichbaren Krankheitsbildern die Möglichkeit geben, sich miteinander auszutauschen. Jeder sollte in dieser Zeit zu Wort kommen, um zu sagen, wie er sich fühlt, aber niemand wird gezwungen, vor der Gruppe zu sprechen. Was man in diesen Sitzungen von anderen Patienten erfährt, darf auf keinen Fall nach außen getragen werden.

Das sind die Basics für eine Gruppentherapie. Trotzdem: Das Wort macht Angst und der Zettel nicht mutiger. In den letzten Tagen hatte ich zwar immer mehr Unsicherheit verloren, mich immer mehr zurecht gefunden im Alltag der Verrückten. Aber der Begriff »Gruppentherapie« katapultiert meinen Klinikaufenthalt in eine völlig neue Dimension. Ich habe mich hübsch gemacht für heute. Ein buntes Sommerfähnchen angezogen, eine Strickjacke, rote Ballerinas. Hübsch, finde ich, ist eine gute Ergänzung zu traurig. Nicht ganz so gut passen meine schwitzigen Hände und mein pochendes Herz.

Ich fahre mit dem Fahrstuhl in den Keller. Eigentlich könnte ich mir einen besseren Ort für so ein Treffen vorstellen, und dann stehe ich schon im Zimmer, und vor mir öffnet sich ein Stuhlkreis. Ausgerechnet ein Stuhlkreis. Ich komme mir mal wieder vor wie im Film.

In der psychodynamischen Gesprächsgruppe sind wir drei Frauen und drei Männer. Außerdem im Raum: vier Depressionen, fünf Burn-outs, zwei Panikattacken und eine soziale Phobie. Alles hübsch verteilt auf sechs Patienen. Eine der Frauen erkenne ich wieder. Es ist das Huhn, das meiner Postbeamtin so ähnlich sieht und mit mir zusammen eingewiesen wurde.

Das Huhn und ich müssen uns vorstellen. Brav nennen wir unsere Namen, unser Alter und die Diagnose unserer Ärzte. Mit spitzen Fingern pickt das Huhn imaginäre Flusen von seiner schwarzen Synthetikhose und erzählt, dass es gerade fünfzig geworden ist und seit Jahren unter Depressionen leidet. Die anderen schweigen, nicken, schauen zu

Boden. Als das Huhn und ich diese erste Hürde übersprungen haben, sind Gott sei Dank erst mal die anderen dran. Nacheinander stellen sie sich und ihre Krankheiten in einem Tonfall vor, in dem man normalerweise zwei Pfund Gehacktes an der Fleischtheke bestellt. Mit der Zeit scheinen sie schon etwas abgebrüht geworden zu sein. Die drei Männer sehen sich irgendwie ähnlich und kommen ironischerweise allesamt frisch aus den Managementetagen der nächstgrößeren Städte. Nur im Alter unterscheiden sie sich leicht. Der jüngste von ihnen ist nur ein Jahr älter als ich. Die dritte Frau sprengt den Rahmen. In einem komplizierten Verfahren hat sie ihre Beine zum Schneidersitz auf dem Stuhl verknotet; nur die Zipfel ihres weiten Seidenknitterkleides berühren den Boden. In den Falten ihres Gesichts hängen tiefe Make-up-Schlieren, und unter ihren hennaroten Haaren baumeln riesige Glassteinohrringe. »Mein Name ist Anette. Aber ihr könnt mich Sheila nennen.« Mit dunkler Stimme spricht sie zu mir und dem Huhn, das plötzlich aufgeregt nickt. Anette-Sheila will ihr Alter nicht nennen, aber ich schätze sie auf Ende vierzig. Sie muss viel geraucht haben in ihrem Leben.

Der Therapeut fragt, ob denn jemand etwas Besonderes besprechen möchte. Keiner antwortet. Wir starren auf den grün gemusterten Teppichboden und hören der Stille zu. Ich denke nicht daran, etwas zu sagen; ich bin die Neue in der Runde und mit dieser Aufgabe beschäftigt genug. Alle anderen schweigen mit. Es ist, als würden wir ein Geduldsspiel spielen. Aber auch der Therapeut ist sehr geduldig. Irgendwann verliert der jüngste der drei Manager und schmeißt seine Gefühle in unsere Mitte. Der Therapeut fängt sie geschickt auf und macht sie zum Thema der Sitzung. Das Thema kommt mir bekannt vor. Wir reden über unsere Jobs, und es hört sich an, als sei das nicht das erste

Mal Thema in diesem Kreis. Es geht darum, wie verzweifelt man versucht, sich anzupassen, sich zu verbiegen, irgendwelchen Personalchefs zu gefallen oder um Himmels willen wenigstens nicht negativ aufzufallen. Wie man irgendwann vergisst, wer man eigentlich ist und was man eigentlich kann. Weil man sich über die Jahre so verzweifelt verbogen hat, um in ein perfektes Arbeitnehmerprofil zu passen.

Es geht um Schwäche, Hilflosigkeit und Achtung vor uns selbst. Darum, wie viel man einstecken kann, wann man kämpfen sollte und was uns dazu bringt, uns so oft zu unterwerfen. Die Stille vom Anfang der Stunde ist verflogen. Nun wirkt es eher so, als ob jeder unbedingt noch etwas sagen möchte, bevor die Zeit vorbei ist. Nur das Huhn hält sich noch zurück. Es scheint nicht ganz bei der Sache zu sein, und ich erwische es mehrmals dabei, wie es verstohlene Blicke in Richtung der schwebenden Sheila wirft.

Der Therapeut rät uns, sich viel mehr zu empören, wenn uns etwas Unrechtes geschieht. Um Respekt zu kämpfen. Ich schwanke zwischen der Verlockung, mich lustig zu machen oder mich fallen zu lassen in die Gemeinsamkeit dieser Gruppe.

Der Therapeut redet sich in Rage. »Revolution!«, ruft er schließlich laut und streckt seine geballte Faust in die Luft. Für einige Sekunden schäme ich mich fürchterlich für ihn. Manche von uns lachen unsicher. Aber dann geht eine weitere Faust in die Höhe. Dann noch eine. Und noch eine. Es ist peinlich, aber es fühlt sich gut an.

Auf dem Weg zurück in mein Zimmer treffe ich Ron. Er ist bemerkenswert ungestylt, trägt weder Kleid noch Schminke auf den breiten Wangen.

»Hey Ron«, grüße ich ihn. »Übst du heute gar nicht, Frau zu sein?«

»Doch, heute aber nur ganz dezent«, antwortet er und bleibt stehen. Erst jetzt erreicht mich eine Wolke schweren Damendufts. Er bückt sich und zieht seine Jeans am Hosenbein hoch. Darunter kommen ein paar schwarze Nylons zum Vorschein. Ich weiß nicht, was ich sagen soll, und pfeife deswegen nur leise durch die Zähne, wie Bauarbeiter es tun, wenn ihnen eine hübsche Frau über den Weg läuft. Es scheint die richtige Reaktion gewesen zu sein, Ron grinst verlegen und schaut hoch.

»Weißt du, wo Kathi ist?«

Geben die sich jetzt schon Spitznamen? Ich gucke auf die Uhr. »Sie müsste noch in der Einzeltherapie sein, aber danach wollten wir uns treffen und ein Eis essen gehen. Komm doch mit.«

Ron nickt. »Ja, sie hatte mich heute Morgen sowieso schon gefragt, ob ich mitwill.«

Tapfer ignoriere ich den winzigen, schnellen Stich in meinem Herzen. »Gut, dann treffen wir uns um sechs beim Ausgang«, sage ich, drehe mich um und drücke den Fahrstuhlknopf ein bisschen zu fest.

»Alles klar«, sagt Ron in meinem Rücken und verschwindet den Gang hinunter. Seine Duftwolke bleibt und steigt sogar noch mit mir in den Fahrstuhl.

Katharina und Ron sind ein Herz und eine Seele geworden, das hatte ich schon bei unserem ersten Gespräch geahnt. Es sollte mir eigentlich nichts ausmachen; ich sollte mich für sie freuen. Ich glaube, er bewundert sie. Wenn er eine Frau wäre, würde er sein wollen wie sie, da bin ich mir sicher. Ich sehe, wie mein anderes Ich im Fahrstuhlspiegel das Gesicht zu einem hämischen Grinsen verzieht: Kein Wunder, dass sie sich so gut verstehen. Sie ist ein verwunschenes Reh und er eine verwunschene Frau.

Als ich nach dem Eisessen aufs Zimmer komme, merke ich erst, wie anstrengend der Tag war. Ich fühle mich auf einmal komplett durchtherapiert. Auch Clara ist ausnahmsweise nicht zu Gesprächen aufgelegt, und so liegen wir schweigend in unseren Betten und lauschen dem kleinen Radio, das Clara mit in die Klinik gebracht hat. Es läuft ein Lied von Duffy.

»Don't you be wasting all your money on syrup and honey.« In meinem Kopf klingt es wie:

»Don't you be wasting all your money on therapists, Honey.«

Ich werde das Lied den Rest des Abends nicht mehr los.

In dieser Nacht schlafe ich unruhig. Und wenn ich ab und zu wach werde, weil Clara sich in ihrem Bett umdreht, höre ich leise die Wärmflasche gluckern, die sie unter der Bettdecke an ihren kalten, dürren Körper drückt.

Die Antidepressiva schlagen an. Oder jedenfalls haben sie angefangen, ihre Nebenwirkungen durch meinen Körper zu schicken. Genau wie von Dr. Hennings angekündigt. Was ich in den letzten Tagen für Horrorgeschichten von anderen Patienten gehört habe: unstillbarer Appetit, Gewichtszunahme, Übelkeit und Durchfall. Mein Los in der großen Nebenwirkungslotterie ist offenbar eine bleierne Müdigkeit.

Hätte schlimmer kommen können, denke ich mir und schlafe, träume und schlummere mich in meinem Klinikbett durch die Zeit. Wie ein Stück Blei liege ich unter der Decke und bin zu faul, die Augenlider zu öffnen. Die Tage dösen an mir vorbei, und ich halte sie nicht auf. Kein wirklich unangenehmer Zustand, aber ich frage mich, wie lange die mir das hier durchgehen lassen. Das kann doch nicht der Sinn der Sache sein? Oder wollen die mich ruhigstellen?

Katharina und Ron sind zu den besten Freundinnen geworden. Ich beginne mich damit abzufinden, dass ich das Reh hier nicht für mich alleine habe, und suche mir neben Clara noch ein paar andere verrückte Freunde. Es ist gar nicht so schwer. Hier drinnen funktioniert das Kennenlernen von Menschen genau andersherum als draußen. Entgegen jeglicher Konventionen, an die man sich in der normalen Welt sonst halten muss, geht man hier direkt auf denjenigen zu, der einem sympathisch ist, und setzt sich neben ihn. Zum Einstieg eignet sich am besten die Frage, welches Problem er eigentlich habe. Schon ein paar Stunden später begrüßt man sich beim Abendessen wie alte Freunde.

So habe ich Luisa kennengelernt. Noch so ein essgestörtes Mädchen mit Elfenfigur und hellen Locken. Man hat Angst, sie zu berühren, so zart ist alles an ihr. Luisas Haut wirkt wie durchsichtig, sodass ich mir manchmal einbilde, das Innere ihres Körpers schimmern zu sehen. Aber ihre Zartheit trügt. Sie verdrückt eine Eistorte, zwei Tüten Chips und einen Liter Cola in einer halben Stunde. Und in nur zehn Minuten schafft sie es, das Ganze wieder zu erbrechen.

Und Arne. Ein riesiger Typ mit leicht vernarbtem Gesicht und zwei sehr unterschiedlich großen Ohren. Er wurde auf der Arbeit so schlimm gemobbt, dass er aus Angst vorm nächsten Tag stundenlang nicht einschlafen konnte. Seine Augen sind rot und geschwollen, er trägt fast immer eine Sonnenbrille. Das sieht merkwürdig aus, weil sie leicht schief auf seinen verschieden großen Ohren hängt. Er lacht nie. Wahrscheinlich deswegen fühle ich mich ihm sofort verbunden. Oder Tamara, die ich am See kennengelernt habe. Eine große Frau mit eisblauen Augen in einem blassen Gesicht. Eigentlich ist sie selbst Krankenschwester. Leider hat sie irgendwann eine zu große Vorliebe für die Pillen ihrer Patienten entwickelt. Als das aufgeflogen ist, hat ihr

Chef sie höchstpersönlich eingewiesen. Tamara ist schon ewig hier. So richtig rausrücken will sie mit ihrer Geschichte aber nicht. Mir macht das nichts aus. Ich kann sie gut verstehen und stelle sie den anderen vor. Es ist erstaunlich, wie schnell wir zusammenwachsen. Es dauert keine zwei Wochen, und ich habe einen für Klinikverhältnisse festen Freundeskreis aufgebaut. Und was für ein Kreis. Ich fühle mich in ihm besser als in den letzten Monaten mit meinen ältesten Freunden. Wir sind einfach alle so schön kaputt.

Am Abend sitzen wir das erste Mal alle zusammen im Speisesaal an dem runden Tisch in der Ecke. Ab sofort wollen wir ihn zu unserem Stammplatz machen. Die Essenszeit ist eigentlich schon vorbei; eine Küchenhilfe beginnt demonstrativ, die Tische um uns herum zu wischen, die Adipositaskranken schnappen sich im Rausgehen die letzten Reste vom Buffet. Ich ignoriere die Aufbruchstimmung um uns herum und erzähle von der Karte, die meine Arbeitskollegen gerade geschickt haben. Die versammelte Mannschaft wünscht mir darin eine gute Besserung.

»Finde ich irgendwie einen komischen Wunsch für jemanden, der in die Klapse eingeliefert wird«, sagt Clara und betrachtet etwas pikiert die kitschige Karte, die neben mir auf dem Tisch liegt.

»Ich find's mutig, dass du überhaupt gesagt hast, wo du hingehst«, meint Ron, und die meisten am Tisch stimmen ihm zu.

»Wieso, was habt ihr denn gesagt?«

»Also ich habe erzählt, ich würde eine Kur machen«, sagt Arne. »Alles andere wäre auf der Arbeit mein Todesurteil gewesen. Die versuchen doch jetzt schon, mich mit allem fertigzumachen, was sie gegen mich in die Finger kriegen. Wenn die wüssten, dass ich in eine Psycho-Klinik gekommen bin …« Er verstummt und schiebt das Essen auf seinem Teller von links nach rechts.

»Ja, ich habe auch gesagt, ich mache eine Kur. Wo man mich mal so richtig aufpäppelt.« Luisa grinst.

Clara ebenfalls. »Haben mir auch alle sofort abgenommen.«

»Was ist mit dir, Kathi?«, fragt Ron und stupst Katharina an, die heute auffällig still wirkt.

»Ich? Oje. Aber nicht lachen, okay?« Arne schüttelt als Einziger den Kopf, alle anderen schauen Katharina nur erwartungsvoll an.

»Ich habe in meiner Clique erzählt, dass ich beruflich sechs Wochen nach Paris muss.«

»Und das haben sie dir abgenommen?«, frage ich sie etwas amüsiert.

Katharina zuckt mit den Schultern. »Ich glaube schon. Ich verreise beruflich öfter mal ins Ausland. Das Problem ist nur, dass jetzt alle nach Postkarten verlangen. Daran hatte ich natürlich nicht gedacht.«

Jetzt müssen die meisten doch grinsen. »Stell einfach ein paar Fotos vom Eiffelturm auf deine Facebook-Seite.« Auch Katharina lächelt etwas verlegen.

»Apropos Facebook«, unterbricht Clara. »Was habt ihr denn da geschrieben?«

»Naja, jedenfalls bestimmt nicht, dass ich Urlaub in der Klapse mache«, meint Luisa trocken.

»Ich bin nicht mehr bei Facebook«, sagt Arne, und – mit einem Blick zu Clara: »Wieso, was hast du denn geschrieben?«

Clara verschränkt zufrieden die Arme vor der Brust. »Vorerst sechs Wochen verrückt.«

Am nächsten Tag beendet Dr. Hennings meinen lieb gewonnenen Rausch. Wie viele Stunden ich täglich im Bett verbringen würde, er sehe mich so selten in der Klinik. Ich überschlage kurz und komme auf sechzehn Stunden.

»Vierzehn Stunden.«

Leider findet Dr. Hennings das immer noch zu viel. »Ich befürchte, wir werden Sie noch einmal umstellen müssen, Frau Winter. Sie sind mir viel zu lethargisch.«

Ich will nicht umgestellt werden, ich will mich lieber weiterhin wegträumen. Für ernst zu nehmenden Protest aber bin ich viel zu müde. Er legt eine Tablettenpackung auf den Tisch zwischen uns. Ich beuge mich skeptisch vor, um den Namen meines neuen Wundermittels zu lesen. Sertralin. Dr. Hennings sieht mich durchdringend an.

»Frau Winter, melden Sie sich bei mir, wenn Sie merken, dass es Ihnen schlechter geht?«

Oha. Sogar mein Therapeut hat Angst vor den Nebenwirkungen meiner neuen Wunderpillen.

Ich schaue ihn an. Ab wann es wohl schlimm genug ist, zu ihm zu kommen, frage ich mich. Und dann ihn. Will ihn ja nicht mit alltäglichen Nebenwirkungen belasten.

»In diesem Fall möchte ich Ihnen besonders ans Herz legen, sich *sofort* zu melden, sobald etwas nicht stimmt.«

Ich werde unruhig.

»... wenn Sie zum Beispiel das Bedürfnis verspüren, sich umzubringen.«

Ach Schätzchen, denke ich. Für solche Aktionen bin ich viel zu fertig. Habe ich gar keine Energie für. Ich muss lächeln. Aber Dr. Hennings scheint die Sache ernst zu nehmen und fährt unbeirrt fort: »Diese Medikamente lösen Hemmungen. Sie sollen nicht nur Ihre Stimmung aufhellen, sondern Sie auch wach und aktiv machen. Leider kommt es manchmal vor, dass diese antriebssteigernde Wirkung schon ziemlich schnell eintritt, die Stimmungsaufhellung aber noch auf sich warten lässt.«

Ich verstehe nicht, was er mir sagen will.

»Es kommt vor, dass Sie plötzlich Energie haben, aber immer noch sehr unglücklich sind. Das ist eine kritische Phase, in der sich Patienten manchmal etwas antun. Ich möchte, dass Sie sehr auf sich achten. Und ich werde das auch tun.«

Ich hatte geahnt, dass das hier auf lange Sicht kein Spaß werden würde. Völlig perplex verlasse ich Dr. Hennings' Sprechstunde und gehe auf mein Zimmer. Die neuen Antidepressiva wiegen schwer in meiner Rocktasche. Aber das ist nicht das Einzige, was mich in diesem Moment beschäftigt. Bis jetzt kommen mir unsere Gespräche noch sehr organisatorisch vor. Ich frage mich, wann Dr. Hennings sich eigentlich endlich an das Eingemachte meiner Seele wagt.

Drei Tage später bin ich auf einem ordentlichen Trip. In meinem Kopf rauscht es ohne Unterbrechung. Ich bin nervös, aufgeregt, fühle mich wie auf einer niemals endenden Achterbahnfahrt. Mein Atem geht schnell. Ich kann nicht still sitzen. Gedanken schießen durch meinen Kopf, ohne dass ich sie kontrollieren kann. Oder zu Ende bringen. Meine Gehirnzellen schreien so laut durcheinander, dass ich kein Wort von dem verstehe, was ich angeblich denke. Ich habe wahnsinnige Kopfschmerzen, aber die Schwestern weigern sich, mir Tabletten zu geben. »Anweisung von oben«, behaupten sie teilnahmslos. Dauernd zucke ich mit Armen und Beinen, wippe mit dem Stuhl, mit dem Fuß, mit dem Kopf. Abends im Bett geht es einfach weiter; dieser Bewegungsdrang lässt mich nicht zur Ruhe kommen. Im Gegensatz zu den vergangenen Tagen schlafe ich nun so gut wie gar nicht mehr. Ich wühle mich durch die Kissen. Muss aufstehen, mich bewegen, Energie verbrauchen. Gehe mitten in der Nacht auf den Balkon und mache dort ein paar Aerobicübungen. Ich bin eine Irre im Schlafhemdchen, die leise keuchend auf dem Balkon der Klapse den Hampelmann macht.

Irgendwann beschwert sich Clara, schlaftrunken, ob ich nicht endlich mal Ruhe geben könnte. Sie fragt mich nicht, was los ist. Gehorsam lege ich mich wieder ins Bett und schnaufe in die Dunkelheit. Ich bin erschöpft, ich bin fertig. Und kann trotzdem nicht aufhören, unter der Bettdecke mit den Zehen zu wackeln. Außerdem beiße ich die ganze Zeit die Zähne fest zusammen. Mein Körper ist müde, aber mein Kopf will ihn nicht schlafen lassen. Oder anders rum?

Alles in mir rast, nur die Zeit schleicht. Wie lange soll ich das aushalten?

Mein Drogentrip dauert zwei Tage und zwei Nächte. Dann haben mein Körper und das Sertralin Freundschaft geschlossen. Ich kann nicht behaupten, mich glücklicher zu fühlen.

Am Nachmittag habe ich endlich wieder eine Einzeltherapiestunde. Viel zu früh sitze ich vor Dr. Hennings' Sprechzimmer und warte darauf, dass es vierzehn Uhr wird. Um zehn nach zwei kommt ein sehr dickes, verheultes Mädchen aus Dr. Hennings' Sprechzimmer gestürmt und schlägt die Tür hinter sich zu. Ich warte kurz, bis sie um die Ecke verschwunden ist, dann klopfe ich vorsichtig an.

Seelenruhig sitzt Dr. Hennings in seinem Sessel und nickt mir zu. Dabei hatte er keine halbe Minute, um sich von diesem wütenden, stampfenden Mädchen auf mich umzustellen. Ist das jetzt einfach nur professionell oder schon teilnahmslos, frage ich mich und komme mir als Patientin mal wieder ein bisschen inflationär vor. Ich lächle ihn einnehmend an und setze mich ihm gegenüber. Er kommt sofort zur Sache.

»Frau Winter, mir ist zu Ohren gekommen, dass Sie in letzter Zeit häufiger die Schwestern nach Schmerztabletten gefragt haben.«

Ich nicke verwundert und fühle mich ertappt.

»Sie wissen, dass die Schwestern Ihnen nichts geben können, was ich Ihnen nicht verordnet habe. Wir müssen genau abstimmen, welche Schmerzmittel sich mit den Antidepressiva vertragen ... « Ich zucke mit den Schultern. »Na, dann verschreiben Sie mir doch was.«

Ein schwerfälliges Seufzen von meinem Gegenüber: »Wenn ich mir Ihr Aufnahmeblatt anschaue«, sagt Dr. Hennings und punktet mit einem Kugelschreiber auf seiner geöffneten Kladde herum, »dann nehmen Sie ziemlich oft Tabletten. Vor allen Dingen Schmerztabletten.«

»Ich habe ja auch ziemlich oft Schmerzen.«

Dr. Hennings legt seine Mappe zur Seite. »Haben Sie schon mal was von psychosomatischem Schmerz gehört?«

Jetzt ganz vorsichtig. »Ja, das habe ich. Was wollen Sie mir damit sagen?«

»Was will ich damit sagen?«, fragt sich Dr. Hennings selbst und betrachtet gedankenverloren den Stift in seiner Hand. »Ich will es mal so ausdrücken: Eine Depression kommt selten allein, Frau Winter. Schauen Sie sich mal um; fast jeder unserer Patienten kommt hier mit einem ganzen Paket von Beschwerden rein.« Er beugt sich zu mir vor und schaut mir direkt in die Augen. »Wenn es Ihrer Seele nicht gut geht, dann merken Sie das, Sie sind traurig.« Er macht eine kleine Pause, ein paar Sekunden lang höre ich nur die Stille zwischen uns. »Viele Leute denken heutzutage, dass sie es sich nicht mehr leisten können, auf ihre Seele zu achten.«

Ich weiß genau, was er meint.

»Der Verstand, der Kopf und Außenstehende lassen sie glauben, dass andere Dinge wichtiger seien. Zum Beispiel der Job, die Kinder, die Krise, der Alltag.«

»Aber so ist es doch auch.« Er schüttelt den Kopf. Der hat gut reden, hier im wattegedämpften Klinikalltag.

»Es kommt darauf an, die Balance zu finden zwischen dem, was man kann, und dem, was man will. Ihre Seele hat ziemlich viel Geduld. Aber wenn sie nicht gehört wird, kann die Seele ziemlich ungemütlich werden, verstehen Sie, was ich meine?«

Ich ziehe fragend die Augenbrauen hoch.

»Dann benutzt sie den Körper, um mit Ihnen zu sprechen. In den unterschiedlichsten Formen. Rückenschmerzen, Hautausschlag, Schlaflosigkeit, die Liste der Symptome ist endlos.«

Ich verstehe. Was er mir da erzählt, passt so gut zu dem Bild, das ich die letzten Monate von mir hatte: die Puppe, die so viele Macken und kaputte Stellen hat, dass man sie besser entsorgen sollte.

»Welche Signale hat Ihre Seele Ihnen geschickt, Frau Winter?«

Ich atme tief ein. »Kopfschmerzen. Magenprobleme, Hautausschlag. Solche Sachen.«

Mir schießen die Tränen in die Augen. Ich versuche, sie wegzublinzeln. Ich habe Mitleid mit meiner Seele. Ich habe ihr so lange nicht zugehört. Dabei ist sie doch viel wichtiger als eine Festanstellung. Oder ein vermiedener Streit mit meinem Vater.

»In meinen Unterlagen steht, dass Sie seit fünfzehn Jahren unter Migräne leiden. Und dass Sie in dieser Zeit jede Menge Tabletten geschluckt haben.«

Der Mann nervt heute. Ich sage einfach mal gar nichts.

Schon wieder bildet sich ein neuer, dicker Kloß in meinem Hals.

»Frau Winter«, sagt er noch mal und schlägt dabei einen anderen Ton an. Er klingt jetzt so widerlich sanft, dass sich die kleinen Härchen meiner Oberarme langsam aufstellen. »Kann es sein, dass es hier gar nicht um Tabletten geht, sondern um etwas ganz anderes?«

Ach, und was könnte das wohl sein, in einer psychosomatischen Klinik, Dr. Oberschlau?

»Was fühlen Sie jetzt gerade, Frau Winter?« Wenn der noch einmal meinen Namen so ätzend mitfühlend sagt, muss ich hier raus, das ist alles, was ich fühle.

»Sind Sie traurig? Sie sehen traurig aus.«

Er redet wie zu einem kleinen Kind. Ein seltsames Psychospiel, das ich nicht mehr durchschaue. Mein Hals schnürt sich zu. Er fährt fort. »Und wütend? Ich an Ihrer Stelle wäre sehr wütend, wenn jemand so mit mir reden würde …«

Ja. Ich bin traurig. Ich bin wütend. Aber das werde ich mir jetzt auf keinen Fall anmerken lassen. Ich schaue aus dem Fenster und versuche, an etwas anderes zu denken.

»Sie müssen viel aushalten, Frau Winter, oder? Sie müssen *immer* stark sein, *immer* funktionieren, nicht wahr? Das stelle ich mir ganz schön anstrengend vor. Warum müssen Sie eigentlich immer so viel aushalten? Fragen Sie sich das nicht manchmal?«

So. Jetzt wird es ganz eng. Alle Konzentration aufs Nichtweinen jetzt. Aus irgendeinem Grund will ich mich nicht von ihm einfangen lassen. Vielleicht, weil seine Fragen so widerlich mitfühlend sind? Weil sie mir so sehr aus der Seele sprechen? Hatte ich mir nicht von ihm gewünscht, er solle ans Eingemachte gehen? Jetzt wünsche ich mich nur noch ins Bett. Dieser provozierend einfühlsame Ton. Was für ein billiger Trick, um mich aus der Reserve zu locken.

»Frau Winter.« Schon wieder. »Meiner Meinung nach sind Sie tablettensüchtig.« Da ist es. Das böse Wort.

»Vielleicht könnten wir andere Möglichkeiten als Tabletten finden, um Ihre Probleme zu lösen?!«

Wenn ich jetzt auch nur mit der Wimper zucke, muss ich sofort heulen. Gleichzeitig möchte ich mich am liebsten in Dr. Hennings' Schoß übergeben. Da das spontan nicht funktioniert, muss ich einen weniger spektakulären Abgang hinlegen.

Als ich merke, wie die ersten Tränen über meine unteren Augenlider kippen, stehe ich auf und stolpere aus dem Raum. Dr. Hennings bleibt schweigend zurück. Die Zeit war eh fast um.

3

DRITTE WOCHE Tagelang liege ich mit Kopfschmerzen im Bett und spüre einen permanenten, pochenden Schmerz hinter meinen Schläfen. Es bringt nichts, nach Tabletten zu fragen. Ich bekomme keine. Dr. Hennings sagt, die Kopfschmerzen bräuchte ich, um zu verdrängen. Ich soll eine Art Entzug machen und meinen Körper wieder auf ein normales Schmerzlevel herunterfahren.

Es stimmt, ich schlucke oft Tabletten. Wahrscheinlich öfter als andere. Ich nehme Tabletten, wenn ich nicht richtig wach bin, wenn ich traurig bin, wenn ich keine Lust habe zu arbeiten oder mich einfach nicht konzentrieren kann. Manchmal auch nach der Arbeit, wenn ich zum Ausgehen eigentlich viel zu müde bin. Dann hilft ein zuckersüßer Cocktail, kombiniert mit einer koffeinhaltigen Schmerztablette. Aber das kommt mir immer noch vernünftiger vor als Koks oder andere Drogen. Meine Tabletten kann ich schließlich normal in der Apotheke kaufen.

Na ja, jedenfalls die meisten. An den Begriff tablettensüchtig kann ich mich jedenfalls nicht so richtig gewöhnen. Bin ich wirklich süchtig? Oder wird mir das nur eingeredet? Werde ich nun richtig verrückt? Das ist doch der Stoff, aus dem die fiesen Filme sind: Man ist in der Klapse, denkt gerade noch, man sei in einem harmlosen Gespräch, und plötzlich kann der Therapeut einfach jede dahergelaufene Diagnose stellen, die ihm gerade in den Sinn kommt. Widerspricht man, heißt es, man verdränge. Ich kriege Panik. Verdränge ich? Ich traue mir schon selber nicht mehr über den Weg. Langsam, aber sicher entwickele ich mich hier noch zu einer Eins-A-Verrückten.

Wenn ich nachts nicht schlafen kann, steige ich leise aus meinem Bett, um Clara nicht aufzuwecken. Ich ziehe mir im Dunkeln einen dicken Pullover über das Nachthemd und schleiche mich aus der Tür auf den hell erleuchteten Krankenhausflur.

Es ist grell, kalt und still dort draußen. Ich gehe die langen Gänge entlang. Eine ganze Klinik voller vorübergehend lahmgelegtem Leid.

Hinter den Türen in den Betten liegen die Probleme und machen Pause. Nur selten dringt ein gedämpftes Husten oder der Schrei eines schlafenden Traumapatienten auf den Flur. Manchmal glaube ich sogar, die Chipstüten der Essgestörten unter der Bettdecke rascheln zu hören. Obwohl sie den ganzen Tag therapiert wurden, werden sie in der Nacht oft schwach. Morgen früh verstecken sie dann die übrig gebliebenen, verräterischen Verpackungen ihrer Fressalien in den öffentlichen Mülleimern auf dem Gehweg vor der Klinik.

Vor dem Zimmer der Nachtschwester mache ich eine Pause und setze mich auf den kalten Plastikstuhl. Auf einem Tischchen neben mir liegen Prospekte mit Hygienetipps. Hinter der Tür der Nachtschwester ist Bewegung zu hören. Die Tür öffnet sich und durchbricht die Stille. Eine dicke, blonde Schwester schaut mich fragend an.

Die Nacht gehört ihr, Patienten sieht sie normalerweise nur im Notfall.

»Es ist nur das Sertralin, ich kann einfach nicht schlafen.«

Sie nickt, kennt die Nebenwirkungen von Antidepressiva. Vermutlich bin ich doch nicht die erste, die nachts vollgepumpt mit Drogen durch die Klinik geistert. Sie lässt ihren riesigen Schlüsselbund im Kittel versinken und macht sich mit schweren Schritten auf den Weg zu ihrem stündlichen Kontrollgang. Ich schaue ihr hinterher und frage mich, was das bringen soll. Wer versucht, sich die Pulsadern aufzuschneiden, macht das still und leise im Klinikbett. Es passiert nicht oft, kommt aber vor. Wer es überlebt, kommt in die Psychiatrie der nächstgrößeren Stadt. Es überleben fast alle.

Ich wache auf und fühle mich, als hätte jemand sein Handtuch über mir ausgewrungen. Nass kleben meine Haare im Nacken und auf der Stirn. Unter der Bettdecke fühlt es sich klamm an. Ich schiebe meine Hand unters T-Shirt. Mein Bauch ist feucht und zwischen meinen Brüsten hat sich eine kleine Pfütze gebildet. Ich stehe auf, fühle, wie ein Schweißtropfen meinen Bauch herunterkitzelt, und zittere, als ich die kalte Luft auf meiner Haut fühle. Mit einem Handtuch rubbele ich mich notdürftig trocken. Ich schaue auf Claras Wecker. Es ist kurz vor sieben, sie schläft noch.

Als ich die Vorhänge zurückziehe, denke ich einen kurzen Moment, es hätte das erste Mal geregnet. Dann sehe ich den blauen Himmel hinter dem Fenster und merke, dass die Tropfen an der Innenseite des Fensters herunterlaufen. Die Terrassentür sieht aus wie der Eingang zu einer finnischen Dampfsauna. Vorsichtig mache ich sie auf, um ein bisschen zu lüften. Clara motzt im Schlaf, weil es plötzlich hell und kalt wird. Ich sage nichts, bleibe zitternd in der Tür stehen und beobachte, wie sie langsam wach wird. Nach einer Weile setzt sie sich verschlafen auf und schaut mich fragend an: »Was ist denn hier los? Bist du aus dem Bett gefallen?«

»Eher aus dem Bett gespült«, sage ich und ziehe die Vorhänge ganz auf. »Irgendwie … habe ich heute Nacht geschwitzt. Es ist alles nass. Mein Bett, meine Klamotten, meine Haare, ich fühl mich total eklig.«

»Ich hab nichts gemerkt. Kann es sein, dass es an deinen neuen Tabletten liegt?«

Daran hatte ich gar nicht gedacht. Ich krame die Antidepressiva aus meiner Handtasche und schaue auf der Packungsbeilage unter Nebenwirkungen. Die Liste ist lang. Ich wollte sie mir eigentlich nicht anschauen. »Hier: *vermehrtes Schwitzen* steht da unter den häufigsten Nebenwirkungen.«

Die diversen anderen Nebenwirkungen versuche ich so gut es geht zu überlesen. »Oh Mann, ich dachte, mit den Nebenwirkungen wäre ich durch?!« Clara schaut mich mitleidig an. Mir ist die Sache ein bisschen peinlich.

»Ich hatte in der ersten Woche einen fiesen Hautausschlag. Ist auch wieder weggegangen. «

»Naja, wenn dich die finnische Dampfsauna hier nicht stört …«, lächle ich sie entschuldigend an. Sie schüttelt den Kopf, geht zur Zimmertür und macht ein bisschen Durchzug, um die Feuchtigkeit aus dem Zimmer zu kriegen.

Dankbar schlüpfe ich unter die heiße Dusche.

Beim Frühstück klage ich Katharina mein Leid. Aber irgendwie ist sie nicht richtig bei der Sache. Schaut aus dem Fenster, nickt an den falschen Stellen und auch die Salamiberge, die sie normalerweise verdrückt, liegen unangetastet auf ihrem Tellerrand. Mein Reh hat heute einen schlechten Tag.

»Und du so?«, frage ich sie.

»Ich soll meinen Exfreund anrufen. Ihn fragen, ob er noch mal zu einem Paargespräch kommt«, lässt sie ihre Bombe platzen.

Ich stutze. »Aber ihr seid doch gar nicht mehr zusammen?« Katharina beißt sich auf die Lippen. »Ja, eben. Und genau das will mein Therapeut mir in diesem Gespräch auch klarmachen.«

»Und glaubst du, dein Ex kommt hierher?«

»Ich weiß es nicht. Ich traue mich noch nicht mal, ihn anzurufen. Er … er denkt ja immer noch, ich wäre in Paris …«

In der Gruppentherapie findet meine angebliche Tablettensucht mehr Anklang. Ich erzähle von Dr. Hennings' Analyse und meiner Verunsicherung. Ernte mitleidiges Lächeln für meine Naivität. Und dann packen die anderen aus. Hier sitzt so gut wie keiner, der sich nicht mit diversen Mittelchen auf den Beinen gehalten hat in den letzten Monaten. Aufputschmittel, Schmerzmittel, Beruhigungsmittel. Alkohol, Koks und diverse Psychopharmaka. Die meisten sind hier neben der Therapie auf Entzug. Nur Anette-Sheila behauptet dreist, solche Sachen habe sie nicht nötig. *Sie* meditiere jeden Tag beim Mandalamalen und bekomme ihre Kraft aus dem Universum. Der Jungmanager verdreht die Augen. Säße er nicht mit ihr in diesem Stuhlkreis, ich bin mir sicher, ihre Wege hätten sich nie im Leben gekreuzt.

Der Therapeut fragt in die Runde, warum wir geglaubt haben, diese Mittel zu brauchen. Im Kreis macht sich zuerst ein ratloses Schweigen breit. »Um den Alltag zu bewältigen, warum denn sonst?«, spricht einer aus, was alle denken.

Der Therapeut nickt. »Was genau war es denn, was den Alltag so schwer gemacht hat? Mussten Sie alle so viel arbeiten?« Die drei Manager nicken synchron und murmeln etwas von Timetablen und Manpower-Kürzungen. Ich überlege. So richtig überarbeitet in ihrem Sinne habe ich mich eher selten. »Also ich arbeite eigentlich wie ein ganz normaler Angestellter meine acht Stunden am Tag. Theoretisch würde wohl niemand von mir sagen, dass ich mich totarbeite.«

»Was ist es dann, was so anstrengend ist?«, fragt der Therapeut, der wahrscheinlich wie immer die Antwort schon weiß. Ich will gar nicht wissen, wie oft er solche Gespräche schon geführt hat. »Ich glaube, es sind nicht die acht Stunden Arbeit, sondern vielleicht eher die Tatsache, dass ich bei dem, was ich in dieser Zeit tue, nicht glücklich bin. Und dann noch der Anspruch, den man während dieser acht Stunden an sich stellt«, überlege ich laut weiter. »Alles möglichst schnell zu machen, nicht nach Hilfe zu fragen, ein perfektes Ergebnis abzugeben, an dem niemand was kritisiert.«

»Das ist aber ein hoher Anspruch, den Sie da an sich selbst haben«, sagt der Therapeut mit einem ironischen Unterton, denn in dem Moment, in dem ich die Worte ausgesprochen habe, ist jedem im Raum klar, wie aussichtslos diese Wünsche sind. Der älteste der Manager, er ist immer top angezogen und trägt auch hier in der Klinik noch Hemd und Hose mit Bügelfalten, erbarmt sich: »Diesen Perfektionismus kenne ich auf jeden Fall auch. Die Angst, nicht gut genug zu sein. Und nicht schnell genug.« Er wirft einen Seitenblick auf seine jüngeren Kollegen.

Nun taut auch das Huhn langsam auf: »Aber gut genug für wen? Für uns? Oder für andere? Ich kann zum Beispiel nie zu jemandem Nein sagen.«

Anette-Sheila unterbricht sie. »Du hast *viel* zu wenig Selbstbewusstsein, Christine. Immer versuchst du, allen zu gefallen. Dabei solltest *du selbst*«, sie zeigt mit ihrem tiefrot lackierten Finger auf das verdutzte Huhn, »die wichtigste Person in deinem Leben sein. Du solltest wirklich mal bei meinem morgendlichen Yogagruß mitmachen, das stärkt deine innere Mitte, weißt du?« Ich schaue mit hochgezogenen Augenbrauen zum Therapeuten. Darf die das? Der Therapeut sagt nichts, beobachtet nur aufmerksam das Huhn, das die Augen nicht von der sich gerade selbst ernennenden Therapeutin Sheila nehmen kann. Ich frage mich, warum die überhaupt hier ist, wenn sie doch alles so großartig im Griff hat. Mit leiser, eindringlicher Stimme redet sie jetzt auf das Huhn ein, das immer größere Augen bekommt und heftig mit dem Kopf nickt.

Nach einer Weile fragt der Therapeut in die Runde: »Wer hat Ihnen eigentlich beigebracht, so streng mit sich zu sein?«

Wieder wird es still. Man kann regelrecht sehen, wie die meisten von uns tief in ihrer Vergangenheit graben. Selbst die blöde Eso-Anette wirkt irgendwie nachdenklich. Als keiner etwas sagt, weil alle zu sehr mit ihren inneren Ausgrabungen beschäftigt sind, setzt der Therapeut noch einen drauf: »Wäre ein bisschen schlechter als perfekt nicht immer noch gut genug? Können Sie sich vorstellen, dass man Sie dann trotzdem noch schätzt? Oder auch … liebt?« Sofort drückt sich der bis jetzt kleine Kloß gegen die Innenwände meines Halses, dass es nur so schmerzt. Ich sehe in betroffene Gesichter. Sechs erwachsene Menschen sitzen in einem Kreis und trauern um sich selbst. Vielleicht bedeutet Therapie auch, endlich mal Mitleid mit sich selbst haben zu dürfen. Was einem normalerweise ja strengstens verboten ist.

Ein bisschen betäubt komme ich aus der Gruppentherapie. Die Frage, wer uns allen diese hohen Ansprüche beigebracht hat, geht mir den Rest des Tages nicht mehr aus dem Kopf. Wenn ich zurückdenke, kommt mir eine kleine, verträumte Mila in den Sinn, phantasievoll, dickköpfig, oft zu spät und hoffnungsvoll verstrickt in ihrer eigenen Welt. Die Mila von heute ist pünktlich, ordentlich, kontrollsüchtig und unspontan. Sie tut einfach alles, um in die Welt der anderen zu passen. Wie entfremdet muss man sein, in eine Welt passen zu wollen, in der man gar nicht leben will? Warum ist es plötzlich wichtiger geworden, fremde Erwartungen zu erfüllen als die eigenen? Um jetzt wieder glücklich zu werden, muss ich vielleicht wieder ein bisschen mehr die Mila von früher werden. Ich spüre, wie es im Bauch der Mila von heute kribbelt, wenn sie dran denkt, wie befreiend es wäre, dieses Spiel einfach nicht mehr mitzuspielen. Den Job zu kündigen. Wie oft habe ich diesen Gedanken schon gehabt? Wie oft habe ich vor Erleichterung geweint, wenn mir bewusst wurde, dass mich im Grunde niemand zwingt, dieses Spiel mitzuspielen? Und wie oft habe ich aus Angst dann doch weitergespielt. Wie tief kann man fallen in Deutschland, ohne Job? Wie tief kann man fallen, wenn man mitten in der Wirtschaftskrise kündigt?, frage ich mich ernsthaft. Psychisch jedenfalls nicht sehr viel tiefer, als ich in den letzten Monaten ohnehin gefallen bin.

Es ist Zeit fürs Abendessen. Als ich in den Speisesaal komme, treffe ich wie erwartet eine ziemlich fertige Katharina. Sie sitzt an dem großen Tisch in der Ecke des Saales neben Mobbing-Arne, der auf sie einredet. Sie hat eindeutig zu viel geheult, der größte Teil ihrer Wimperntusche sammelt sich an ihrem Kinn. Ich setzte mich zu den beiden an den Tisch.

»Ich nehme mal an, es ist beschissen gelaufen?«, frage ich leise.

»Was?«, fragt Katharina verwirrt. »Ach so, nein, meinen Freund habe ich gar nicht erreicht. Deswegen ist es auch nicht. Eher deswegen!« Sie legt ihren rechten Arm, den sie bis eben auf dem Schoß hatte, auf den Tisch. Er ist dick bandagiert. Nur die Fingerspitzen schauen unten heraus. Jetzt bin ich nicht gerade beruhigter. »Was zum Teufel hast du gemacht?« Die Vorstellung, dass Katharina versucht hat, sich umzubringen, passt einfach nicht in das Bild, das ich von ihr habe.

»*Ich* habe eigentlich gar nichts gemacht. Na ja, ich habe mir heute Nachmittag einen Kaffee an der Maschine holen wollen. Und da war ich wohl zur falschen Zeit am falschen Ort.« Sie lächelt gequält. »Da war dieser Typ vor mir an der Maschine, der, der gestern neu angekommen ist, weißt du?«

»Der mit den vielen Narben?«

Katharina nickt. »Da habe ich ihn halt angesprochen. Ich wollte nur nett sein, ihm halt den Einstieg hier ein bisschen erleichtern, keine Ahnung … der Typ erschrickt sich jedenfalls total, dreht sich um und schüttet mir das kochend heiße Wasser über den Arm.«

Ich ziehe eine Grimasse. »Autsch.«

»Du hättest mich schreien hören sollen. Das krasse an der Sache ist, dass er es sogar absichtlich gemacht hat.«

Ich sehe aus den Augenwinkeln, wie Arne verständnislos den Kopf schüttelt.

»Das ist ihm nicht aus Versehen passiert, verstehst du? Der hat mir das Zeugs absichtlich drüber geschüttet. Weil er Angst hatte. Die Schwester meinte, er hätte eine soziale Phobie. Wenn dem jemand zu nahe kommt, flippt er aus. Als ich angefangen habe zu schreien, ist er weggelaufen.« Katharina mustert ihren Verband. »Der traut sich nicht mehr aus dem Zimmer. Der Schwester hat er gesagt, dass es ihm total leidtut. Er hat wohl selber auch einen ziemlichen Schock …« Mein Mitleid hält sich in Grenzen.

»Tja. Ich werde wohl eine Narbe behalten. Eine hübsche kleine Erinnerung an den Sommer in der Klapse«, sagt Katharina.

Ich wechsele einen zweifelnden Blick mit Arne. Bleibt zu hoffen, dass diese Erinnerung am Ende wirklich hübsch und klein ist. Ganz so normal wie sie tun, sind die Leute hier eben doch nicht. Im Stillen beschließe ich, ab sofort nachts unser Zimmer abzuschließen.

Wieder wache ich in der Nacht auf, weil ich am ganzen Körper zittere. Es braucht eine Weile, mich von meinem müden Traum zu verabschieden und zu verstehen, was in der Wirklichkeit mit mir los ist.

Wieder bin ich von oben bis unten nass, die Laken sind klamm und überall dort, wo Luft an meinen feuchten Körper kommt, wird mir eiskalt. Ich raffe mich auf, hole ein trockenes Handtuch aus dem Bad. Auch außerhalb des Bettes fühlt es sich nicht wirklich trocken an. Ich habe mal wieder die Raumfeuchtigkeit erhöht. Wenn es möglich wäre, Luft zusammenzudrücken, könnte man sie jetzt auswringen wie ein nasses Saunahandtuch. Ich rubbele mich ab, ziehe ein frisches T-Shirt an und falle wieder erschöpft in mein Bett.

»Na, du kleine Dampflok?«, begrüßt mich Clara am nächsten Morgen. Ich ziehe ein Gesicht und schwimme an ihr vorbei in die Dusche. Wenigstens passiert das alles hier in der Klinik. Wenn ich mir vorstelle, mein Freund müsste jeden Morgen neben einer klatschnassen Mila aufwachen, meine strähnigen Haare, mein glänzendes Gesicht sehen. Verrückt und unattraktiv. Was für eine Kombination.

Auf dem Weg zum Frühstück komme ich an einem Pulk von Mädchen vorbei, die ungeduldig an der noch verschlossenen Kliniktür warten. Die Nachtschwester schließt ihnen auf, und sie drängen ins Freie. Die meisten Magersüchtigen erlauben es sich nicht, morgens ein Knäckebrot zu essen, bevor sie nicht ein paar Kilometer stramm um den See gehetzt sind.

Nach dem Frühstück gehe ich zur Gymnastik. Eigentlich hat mir Dr. Hennings geraten, das öfter zu tun, »wegen körperlichem Ausgleich, Frau Winter.« Aber die Übungen langweilen mich, und die Turnhalle riecht nach Schulsport, und deswegen bin ich eher selten hier.

Auch heute bereue ich sofort, gekommen zu sein. Zusammen mit neun anderen Patienten soll ich riesige Gymnastikbälle durch die Gegend dribbeln und versuchen, sie währenddessen einem anderen aus der Hand zu schlagen. Eher halbherzig turne ich durch den Raum und komme mir albern vor. Nach der Kaffeeaktion von Katharina möchte ich hier auch niemandem seinen Ball wegnehmen, man weiß ja nie, welcher Verrückte einem dann an die Gurgel geht. Aber als ich plötzlich und hinterhältig von einer kleinen Dunkelhäutigen angegriffen werde und dabei fast meinen Ball verliere, ist mein Ehrgeiz geweckt. Ich kenne sie vom Sehen, Clara hatte mal mit ihr gesprochen und mir erzählt, dass sie schon ewig hier sein muss. Ich laufe ihr hinterher und schlage ihr ziemlich fest den Ball aus der Hand. Mit gespielter Empörung stemmt sie die Hände in die Hüften. Dann rennt sie hinter mir her. Es fängt an, Spaß zu machen, und wir jagen uns wie kleine Kinder auf dem Spielplatz. So schnell macht man Freunde in der Klinik. Es ist wie früher. Wir schubsen und rammen uns die riesigen Bälle gegenseitig in die Bäuche, bis wir irgendwann lachend und keuchend auf dem Rücken liegen. Die Kursleiterin schaut kopfschüttelnd herüber. Betreten stehen wir auf und sammeln unsere Bälle ein, die quer durch die Halle gerollt sind. Das Mädchen hält mir ihre Hand hin. »Ich bin Maria«, sagt sie, immer noch keuchend. Sie ist wirklich winzig, ihre krausen Löckchen stehen wild von ihrem Kopf ab und scheinen die Turnhalle in alle Richtungen erkunden zu wollen.

»Freut mich, Mila«, sage ich und starre auf ihren linken, bandagierten Unterarm. Da ich nicht davon ausgehe, dass auch sie heißen Kaffee über den Arm geschüttet bekommen hat, nehme ich an, unter ihrem Verband befindet sich ein Selbstmordversuch. Sie bemerkt meinen Blick und zuckt mit den Schultern.

»Ist schon wieder ganz gut verheilt. Trotzdem will ich nicht, dass alle draufstarren.«

»Na ja, aber der Verband da macht die Sache ja auch nicht unauffälliger.«

Ihr Lächeln erstarrt. Sie schaut mich kurz an, sieht dann über meine Schulter hinweg in die Ferne und wirkt für Sekunden abwesend. Plötzlich ist sie mir unheimlich. Ich merke, dass sie gerade ganz woanders ist. Verlegen drehe ich mich um und schaue, ob etwas hinter mir ist, eigentlich weiß ich, dass sie ins Nichts starrt. Dann werde ich plötzlich von der Seite gerammt, und Maria hat mir mit einer geschickten Bewegung den Ball abgenommen. Ich stehe völlig überrumpelt da. War das ein Trick? Es kam mir nicht so vor, ich hatte wirklich das Gefühl, als ob sie für eine Zeit ganz woanders war. Oder als ob sie jemand anderes war?

Ach was.

Ich schüttle die Gedanken ab und renne ihr hinterher, Maria quietscht vor Vergnügen wie ein Kind. Den Rest der Zeit blödeln wir wieder ausgelassen herum.

Als wir am Ende der Stunde atemlos und verschwitzt aus der Turnhalle kommen, versprechen wir uns gegenseitig, in Zukunft wieder öfter zur Gymnastik zu gehen. Ich beschließe, Maria sympathisch zu finden, auch wenn sie mir nicht ganz geheuer ist.

Ich erinnere mich an die Panik, die mich überkam, als ich die Wörter »psychosomatische Klinik« und »Einweisung« das erste Mal im Zusammenhang mit mir hörte. Ich wusste nicht, dass es einen Unterschied zwischen solchen Kliniken und einer Psychiatrie gab. Für mich war es einfach nur die Klapse, wie ich es aus Filmen kannte. Hygienischer Linoleumboden, gestärkte Zwangsjacken, im schlimmsten Fall sogar Gummizellen. Eigentlich sah die Klinik in meinen Augen einem Gefängnis nicht ganz unähnlich. Erst mit der Zeit wurde mir klar, wie wenig dieses Horrorszenario mit meinem neuen Zuhause zu tun hat. Zwar gibt es auch hier keine scharfen Messer, keine abschließbaren Toiletten, keinen Alkohol. Aber die Türen sind zumindest tagsüber offen, man kann sich besuchen lassen, in die winzige Stadt zum Bummeln gehen und nach Absprache sogar mal ein Wochenende nach Hause fahren. Die Patienten sitzen tratschend in der Eingangshalle, rauchen eine Zigarette vor der Tür oder laufen im Bademantel durch die Gänge zum Schwimmbad. Sie lachen, lesen, surfen im Internet, verbreiten eine alltägliche Betriebsamkeit und wirken manchmal fast seltsam unbeschwert. Sind wir hier alle so normal? Oder bin ich schon dermaßen aus der Spur, dass ich das Auge fürs Verrückte verloren habe?

Manchmal, ganz selten, gibt es diese kleinen Augenblicke, in denen ich merke: Hier stimmt doch was nicht. Hier hat sich ein Fehler eingeschlichen. Man muss sich Mühe geben, man muss genauer hinschauen, bis einem bewusst wird, was es ist. Dann bleibe ich stehen, schaue mich um, und mein Auge fokussiert. Einen Mann an den Briefkästen, der ganz starr mit dem Rücken zu mir steht, die Hand auf seinem Postfach, wie eingefroren, minutenlang. Ein Mädchen, dem beim Frühstück ein Korn von seinem Brötchen fällt. Es bückt sich, sucht auf dem Schoß, sucht auf dem Boden, sucht alles ab, in Panik über einen Krümel an einem Ort, an dem er nicht hingehört. Eine Frau, die auf den Fahrstuhl wartet und dabei ungeduldig auf den Knopf drückt. Ein bisschen zu oft, ein bisschen zu heftig. Wenn der Fahrstuhl dann kommt, hört sie nicht auf, sondern drückt und drückt, und man hört sie zählen: »Sechsundsechzig, siebenundsechzig«, der Fahrstuhl versucht wieder zu schließen, doch die Frau lässt das nicht zu, sie drückt und drückt, »einundneunzig, zweiundneunzig«, erst wenn sie bei »hundert« angekommen ist, erlaubt sie sich endlich einzusteigen.

Ich halte inne, wenn ich Zeuge dieser merkwürdigen, sehr privaten Augenblicke werde, die Zeit steht still, und ich beobachte die fremde Welt, in der sich diese Menschen für ein paar Momente bewegen. Eine Welt mit skurrilen, undurchschaubaren Regeln.

Ich bin fasziniert und verängstigt zugleich. Denn ich weiß, was das ist. Zwangshandlungen. Und wenn ich ehrlich zu mir selbst bin, sind mir solche Dinge nicht fremd. Nicht auch das noch.

In der nächsten Einzeltherapie spreche ich Dr. Hennings darauf an. Es ist nicht so, dass mich die paar merkwürdigen Angewohnheiten von mir wirklich belasten würden. Aber sie gehören zu den kleinen Psychodämonen in meinem Leben, die hier und jetzt vielleicht die erste und letzte Chance haben, aufgeklärt zu werden. Ich sitze in seinem Behandlungszimmer und erzähle von meinem Drang, Gegenstände immer mit beiden Händen zu berühren. Wenn ich ein Brötchen esse, muss ich die erste Hälfte beim Abbeißen immer in der linken Hand, die zweite Hälfte immer in der rechten Hand halten.

»Warum glauben Sie, dass Sie das tun?«, fragt mich

Dr. Hennings. Es ist so typisch. Wenn man ihm konkrete Fragen stellt, bekommt man niemals einfache Antworten.

»Ich habe Angst, wenn ich es nicht tue, könnten Dinge in meinem Leben schiefgehen.«

Dr. Hennings schreibt und fragt, ohne aufzuschauen: »Was könnte denn Ihrer Meinung nach schiefgehen?« Es irritiert mich maßlos, dass er manchmal Dinge notiert und manchmal nicht. Gibt es ein Muster dafür, was er für aufschreibenswert hält?

»Ich könnte den Zug verpassen.« Es ist so absurd. »Oder mein Freund betrügt mich.« Warum sage ich das? Aber natürlich ist es die Wahrheit. Immerhin das.

»Seit wann machen Sie das, Frau Winter?«

Ich muss nachdenken, ich muss sogar ziemlich lange nachdenken oder eher zurückdenken, denn eigentlich habe ich das schon immer gemacht. Es geht besser, wenn ich die Augen dabei schließe.

»Ich erinnere mich daran, wie ich als Kind in meinem Hochbett liege. Meine Mutter kommt, um mir einen Gutenachtkuss zu geben. Ich weiß, dass sie an diesem Abend ausgehen wird. Ich habe Angst, dass sie nicht zurückkommt. So wie Papa.« Ich kann nicht glauben, dass ich ihm das tatsächlich erzähle, ich komme mir so kindisch vor. Aber als ich die Augen öffne, nickt mir Dr. Hennings ermutigend zu. »Ich brauche eine Art Zauber«, fahre ich fort. »Eine Beschwörungsformel, die sie an mich bindet. Die meine Mutter zwingt, zu mir zurückzukommen.« Ich schäme mich in die Stille des Raumes hinein und muss schon wieder heulen. Ich sollte mich langsam daran gewöhnen. Betont konzentriert rupfe ich mir ein paar Taschentücher aus der Box.

»Und so hat es angefangen?«

»Ich glaube, ja. Ich dachte, ich brauche drei Küsse von ihr, weil das meine Glückszahl war. Nicht zwei oder vier, es mussten drei sein, damit sie wieder zurückkommt.« Wie peinlich ist das denn? Ich lache ein bisschen. »Auf jeden Fall haben sich solche Gedanken halt bei mir … wie soll ich sagen? Manifestiert. Manche Dinge fallen mir gar nicht mehr auf, manche mache ich nur, um mich besser zu fühlen, aber ab und zu habe ich das Gefühl, es ist ein Zwang.«

»Behindert Sie das in Ihrem Alltag?«

»Wie meinen Sie das?«

Dr. Hennings räuspert sich. »Können Sie zum Beispiel das Haus nicht verlassen, weil Sie bestimmte dieser Handlungen immer wieder durchführen müssen?«

»Sie meinen, so wie die Leute, die zwanzigmal nachsehen müssen, ob sie den Herd ausgemacht haben? Nein, eigentlich nicht.« So verrückt bin ich nun auch wieder nicht.

»Ich glaube, Sie müssen sich keine Sorgen machen, Frau Winter. Das sind keine Zwangshandlungen im strengen Sinne. Eine Zwangshandlung wäre zum Beispiel, wenn Sie sich hundertmal am Tag die Hände waschen würden, wie es manche Patienten tun. Das ist eine wahnsinnig anstrengende Angelegenheit.«

Ich fühle mich erleichtert, bin aber noch nicht ganz überzeugt. »Aber ganz normal ist das, was ich tue, doch auch nicht?«

»Was ist schon ganz normal?«

Gute Frage, denke ich. Wieso bekomme ich in diesen verdammten Therapiestunden eigentlich nie eine Antwort darauf?

»Was Sie da beschreiben, haben viele Menschen. Kleine Ticks im Alltag, ein bisschen selbstgestrickter Aberglaube, nichts wirklich Schlimmes, solange es nicht zu viel Raum im Leben einnimmt. Das, was Sie gerade mit Ihrer Mutter beschrieben haben, hat sogar ein eigenes Wort in der Psychologie. Man nennt das ›magisches Denken‹. Bei vielen Kindern hängen Dinge, die in der Realität nichts miteinander zu tun haben, in ihrer Phantasie miteinander zusammen. Deswegen glauben sie, durch Zauberei die Geschehnisse beeinflussen zu können. Und manchmal werden wir erwachsen, ohne uns von diesem Glauben zu verabschieden …«

Magisches Denken. Ich bin zufrieden. Das klingt so viel besser als Zwangshandlungen. Das Thema Tablettensucht wird in dieser Stunde mit keiner Silbe erwähnt.

Es ist früher Nachmittag, als ich aufs Zimmer komme. Clara liegt auf dem Bett mit dem Rücken zu mir. Ich kann nicht erkennen, ob sie schläft. Ich setze mich auf mein Bett und öffne leise die Nachttischschublade, um in aller Ruhe meiner Weingummisucht zu frönen.

Aber die Schublade gähnt mich nur gelangweilt an. Sie ist komplett leer. Ich überlege kurz: Es ist Dienstag. Am Samstag erst habe ich meine Weingummivorräte aufgestockt. Das kann also eigentlich nicht sein.

Ich schaue wieder zu Clara rüber, die noch immer reglos auf ihrem Bett liegt. Ich meine, ihre gleichmäßigen Atemzüge hören zu können. Wahrscheinlich schläft sie tatsächlich. Ich erinnere mich an die kleine Gummibärchentüte, ein Begrüßungsgeschenk auf irgendeinem Hotelzimmerbett, die seit Monaten in meinem Kulturbeutel herumfliegt. Meine eiserne Weingummiration. Ich beschließe, sie jetzt aufzubrauchen, und schleiche leise ins Bad.

Dort steigt mir ein säuerlicher Geruch in die Nase. Unser Badezimmer riecht nach Kotze – oder bilde ich mir das nur ein? Jedenfalls vergeht mir der Appetit. Ich gehe wieder in unser Zimmer und frage ziemlich laut in die Stille:

»Kann es sein, dass es im Badezimmer nach Kotze riecht?«

Clara zuckt zusammen, dreht sich um und betrachtet mich verwirrt. Sie scheint wirklich geschlafen zu haben.

»Was? Ich … hab grad … was hast du gesagt?«

Ihr Gesicht ist verquollen, die Nase rot und getrocknete schwarze Mascaratränen laufen über ihre Wangen. Sie sieht aus wie ein sehr trauriger Clown. Meine Stimme ist plötzlich viel sanfter:

»Ich habe gefragt, ob es sein kann, dass unser Badezimmer nach Kotze riecht.« Ich setze mich neben sie auf die Bettkante. Sie dreht den Kopf wieder gegen die Wand.

»Nein, das kann nicht sein«, antwortet sie mit einem unfreundlichen und genervten Unterton. Ich seufze leise.

»Wir wissen ja wohl beide, dass das gelogen ist«, sage ich in ihrem Rücken. Und ich glaube, sie spürt genau wie ich die Anwesenheit der Lüge, die sie gerade so dreist in den Raum gestellt hat. Trotzdem schnaubt sie nur und rückt noch näher Richtung Wand, weg von mir. Ich kann es mir nicht verkneifen, mich nach den Überresten der Orgie umzusehen, die sie gefeiert haben muss. Was erwarte ich? Einen übrig gebliebenen Wurstzipfel, der auf dem Nachttisch liegt?

Ich bleibe noch ein bisschen sitzen – aber nach einer Weile flüstert sie: »Lass mich in Ruhe, Mila.«

»Gut, ich muss eh noch dringend Weingummis einkaufen gehen«, sage ich ein bisschen gehässig, ein bisschen im Spaß. Keine Ahnung, was von beidem bei Clara ankommt.

Ich ziehe mir einen Pullover über, nehme mir meine Tasche und öffne die Zimmertür. Als ich mich noch mal umdrehe, sehe ich, dass sich die Lüge still und leise an Claras Bettkante gesetzt hat.

Nachmittags bin ich mit Luisa zum Entenfüttern verabredet. Freizeitgestaltung im Klinikalltag.

Auf meinem Weg treffe ich Maria im Eingang. Ich lächle sie an und will im Vorbeigehen Hallo sagen, aber sie zieht die Schultern hoch, senkt den Blick und läuft an mir vorbei.

»Maria?«, frage ich halblaut.

Sie dreht sich um und lächelt verstört. Dann verschwindet sie im Treppenhaus. Merkwürdig.

Am See wartet Luisa schon mit Buffet-Brot für die Enten und Decken für uns.

»Warum benimmt sich Maria eigentlich immer so komisch?«, frage ich mich eher selbst als Luisa. Ich wickle mir die Decke um und setze mich ins Gras.

»Weil es nicht Maria ist«, antwortet sie.

»Wie jetzt? Wer soll sie sonst sein?«

Luisa zieht an ihrer Zigarette und lässt sich Zeit. »Rebecca vielleicht. Oder Svenja. Oder Conny. Oder vielleicht auch Dornröschen. Was weiß ich.«

Jetzt ist sie völlig durchgedreht. Wie redet die denn?

Luisa seufzt mitleidig und sieht mich durchdringend an.

»Maria hat eine Persönlichkeitsstörung, Mann. Die ist einfach dauernd jemand anderes, hast du das noch nicht gemerkt?«

»Nein«, sage ich leise. Aber das erklärt einiges.

Wir fangen wortlos an, das Brot auseinanderzuzupfen, und beobachten die Enten, die jetzt laut schnatternd in unsere Richtung paddeln. Luisa sieht erschöpft aus, und unter ihrer blassen Haut schimmert es bläulich. Wahrscheinlich hat sie wieder Stunden über der Kloschüssel verbracht.

»Hat Maria es dir erzählt, oder weißt du von jemand anderem, was sie hat?«

»Weder noch. Ich habe es selbst herausgefunden, als ich mich ein paarmal beim Essen mit ihr unterhalten habe. Am Anfang dachte ich, sie wäre auch Bulimikerin, weil sie ziemlich … na ja, sie hat einen guten Appetit. Manchmal, wenn wir uns zufällig über den Weg gelaufen sind, war sie aber total komisch.«

Luisa schmeißt ein großes Stück Brot ins Wasser. Dort entsteht sofort helle Aufregung. »Am Anfang habe ich gedacht, ich hätte irgendwas falsch gemacht. Aber dann war sie wieder total nett, fast übertrieben freundlich. Mit der Zeit ist sie mir irgendwie unheimlich geworden. Außerdem hat sie manchmal echt komische Sachen gesagt, war total albern, hat ihre Stimme verstellt. Ich kannte schon mal einen multiplen Mann, und das alles kam mir vertraut vor. Irgendwann habe ich sie einfach gefragt.«

Die Enten hieven jetzt ihre dicken, glänzenden Bäuche aus dem Wasser und kommen näher.

»Und dann hat sie es zugegeben?«

»Sie war ganz entspannt. Hat halt erzählt, dass es für sie schwierig ist, sich hier anzufreunden, weil verschiedene Personen in ihrem Körper leben. Die sich alle unterschiedlich benehmen, unterschiedlich sprechen und unterschiedlich kontaktfreudig sind.«

»Das heißt, man redet nicht immer mit demselben Menschen, wenn man mit Maria redet«, stelle ich fest und versuche, die Enten mit dem Brot bis auf unsere Decke zu locken.

»Ja. Und wenn du an einem Tag mit einer Person gesprochen hast, kann sich die andere Person am nächsten Tag vielleicht an nichts mehr erinnern.«

»Das ist ganz schön psycho«, sage ich und bereue sofort, es ausgesprochen zu haben.

»Es ist schon unheimlich. Aber mit der Zeit lernt man ihre unterschiedlichen Charaktere ein bisschen besser kennen. Und dann ist es eigentlich okay.«

»Hat sie dir auch gesagt, woher diese Krankheit kommt?«

Luisa schüttelt ein bisschen abwesend den Kopf. »Sie

meinte, sie hatte keine gute Kindheit. Ich glaube, es hat was mit ihren Eltern zu tun; jedenfalls hat sie erzählt, dass sie mit dreizehn in ein Heim gekommen ist.«

»Missbrauch?«

Luisa zuckt mit den Schultern. »Sie wollte nicht drüber sprechen. Ich glaube sie hat auf jeden Fall irgendwas Schreckliches erlebt. Und um damit fertig zu werden, hat ihre Psyche einfach andere Charaktere erfunden. Die halten für sie aus, was sie alleine nicht aushalten kann.«

Ich werfe das letzte Stück Brot ins Wasser. Etwas ratlos stehen die Enten da und schauen auf die leere Tüte in meiner Hand.

»Maria ist schon lange hier und war auch schon in der Psychiatrie. Sie versucht zu lernen, wie sie mit den verschiedenen Charakteren in sich leben kann.«

»Heftige Geschichte.«

Luisa seufzt und schaut mich an. »Ja. Aber sprich sie bitte nicht drauf an. Ich weiß nicht, ob ich dir das alles so erzählen dürfte.«

Wir schütten die letzten Brotkrumen aus der Tüte. Luisa streckt ihre Streichholzarme von sich, lässt sich auf den Rücken fallen und blickt in die grünen Bäume über uns.

Seltsam, dass Maria und ich in der gleichen Klinik sind, wo sie doch so viel mehr Hilfe braucht. Irgendwann komme ich hier raus und werde mit ein bisschen Glück die letzten Monate als anstrengende Selbstfindungsphase ansehen. Maria eher nicht.

Am Abend, das Licht ist schon aus, erzähle ich Clara im Bett von meinem Zwangshandlungs-Gespräch mit Dr. Hennings. »Worüber du dir alles Gedanken machst«, wundert sie sich, gibt aber kurz danach zu, dass auch sie ein paar Ticks hat.

»Erzählst du es mir?« Es dauert ein bisschen, aber ich merke, dass sie es loswerden will. »Wenn ich zum Beispiel eine ungewöhnliche Form sehe, von einem Kaffeefleck auf dem Tisch oder so, dann zeichne ich die Form immer wieder mit meinen Augen genau nach. Ich kann dann gar nicht mehr aufhören. Oder ich fahre die Form mit der Zunge im Mund nach.« Sie lacht. »Wenn man's so hört, klingt es schon total merkwürdig. Ich hab da auch noch nie drüber nachgedacht …«

»Ich kann dich beruhigen. In diesem Punkt jedenfalls hat mir Dr. Hennings hundertprozentige Normalität bestätigt.«

»Ach, was ist schon normal?«, fragt Clara gleichgültig in die Dunkelheit. Sie gähnt und dreht sich um. Mir fällt auf, dass Dr. Hennings vor kurzer Zeit genau das Gleiche gefragt hat.

Gegen sechs höre ich, wie jemand die Tür zu unserem Zimmer aufschließt. Das Licht wird angeknipst, und eine Krankenschwester steht mitten im grell erleuchteten Raum. Ich kneife die Augen zusammen. Höre ein sanftes, aber sehr bestimmtes: »Guten Morgen, Frau Bremer. Kommen Sie bitte zum Zwischenwiegen?« Gemurmel aus dem Bett gegenüber. Clara protestiert schlaftrunken. Aber die Krankenschwester ist unerbittlich. »Dauert nur ein paar Minuten, meine Liebe. Dann können Sie wieder ins Bett.« Sie schaut rüber zu mir. »Sie können liegen bleiben, Frau Winter.« Übersetzt heißt das: Ich bin dick genug.

Verschlafen trottet Clara der Schwester hinterher aus dem Zimmer.

Zwischenwiegen ist ein Trick, den sich die Klinik für die Essgestörten ausgedacht hat. Normalerweise schummelt fast jede von ihnen beim täglichen Wiegen. Kurz vorher schütten die Mädchen wie besessen Wasser in sich hinein. Auf der Waage sieht es aus, als hätten sie Fortschritte gemacht. Alle sind zufrieden und auf der Toilette wird der ganze Betrug dann wieder ausgepinkelt. Also werden die Essgestörten frühmorgens völlig unvorbereitet aus dem Bett geholt und auf die Waage gestellt. Das ist dann das Zwischenwiegen. Sehr hinterhältig, findet Clara. Mein Mitleid hält sich in Grenzen. Wir sind ja nicht zum Vergnügen da. Und so kommt nach nur zehn Minuten eine ziemlich schlecht gelaunte, weil immer noch viel zu leichte Clara aufs Zimmer und kriecht in ihr Bett zurück. Wenn ich sie sehe, kommt mir das Gesundwerden so wahnsinnig leicht vor – soll sie doch einfach essen. Aber das ist wahrscheinlich genauso schwierig, wie wenn man von mir verlangen würde, einfach zu leben. Wir wollen nicht.

Als wir ein paar Stunden später aufstehen, ist Clara noch immer völlig fertig.

»Wie viel hast du denn gewogen?«, frage ich vorsichtig nach. »Zweiundvierzigkommazwei«, leiert sie runter und setzt sich aufs Bett, um sich ihre dicken Wollsocken anzuziehen, die sie auch im Hochsommer trägt. Für mich ist es immer noch seltsam solche Gewichtsangaben zu hören. Das ist einfach nicht das Gewicht einer Frau. Das ist das Gewicht eines Kindes.

»Das sind zwei Kilo weniger als bei meiner Einweisung.«

»Wie schaffst du das überhaupt? Ihr werdet doch kontrolliert beim Essen und in der Zeit danach. Theoretisch kannst du dich doch danach gar nicht mehr übergeben, oder?«

Clara schnauft verächtlich. »Wenn ich will, dass etwas aus meinem Magen rauskommt, dann bekomme ich es auch raus.« Sie hat einen aggressiven Ausdruck auf ihrem Gesicht, den ich von ihr gar nicht kenne.

»Siehst du das hier?« Clara hält mir ihren rechten Handrücken hin.

»Was soll da sein?« Ich kann nichts erkennen, komme näher, setze mich neben sie aufs Bett und nehme ihre rechte Hand in meine. Als ich genauer hinschaue, fällt mir der kleine, rote Halbmond auf ihrem Handrücken auf. Er ist leicht gestrichelt und verläuft über die Knöchel von Mittel- und Zeigefinger.

»Das ist ein Abdruck von meinen Zähnen«, zischt Clara, »und der geht auch nicht mehr weg. Der ist mittlerweile eine Narbe geworden.« Ich sehe, wie ihre Augen vor Feuchtigkeit schimmern.

»Sowas bekommt man, wenn man sich über Jahre hinweg täglich die Finger in den Mund steckt, um kotzen zu können.« Ich weiß nicht, was ich sagen soll, aber Clara scheint auch nichts von mir zu erwarten. Ich komme mir mal wieder sehr naiv vor. Warum machen wir keine Fortschritte? Wollen wir überhaupt welche machen? Wenn ich uns so sehe, fühlen sich die meisten ganz wohl unter der Käseglocke, die diese Klinik uns bietet.

Heute Morgen habe ich mit einem Vögelchen gefrühstückt. Also, eigentlich habe ich alleine gefrühstückt, und das Vögelchen ist um mich herumgeflattert und hat ab und zu ein paar Körner gepickt und ein paar Worte mit mir gewechselt.

Aber von Anfang an: Ich war spät dran gewesen und hatte Katharina verpasst. Der Speisesaal war voll, aber in der Ecke stand noch ein kleines Tischchen mit zwei Stühlen, das unbesetzt aussah. Ich holte mir mein Frühstück, setzte mich hin und belegte ein Brötchen, als das Vögelchen herbeiflatterte und mich fragte, ob es sich zu mir setzen dürfe.

Das Vögelchen ist ein junges, winziges Mädchen mit einer offensichtlich gewaltigen Essstörung. Sie sieht einfach aus wie ein frisch geschlüpftes Küken, das jemand viel zu früh aus dem Nest geschubst hat.

Ich nicke, den Mund voller Nutellabrot, und fühle mich augenblicklich schlecht. Solche Frauen machen mir meine fünf Kilo zu viel auf den Hüften immer sehr bewusst.

»Ich bin Madeleine«, sagt sie und streckt mir die Hand hin.

»Mila«, sage ich und schüttele diese federleichte Hand. Ihre Haut fühlt sich rau und knochig an. Als ich hinschaue, sehe ich die Hände einer alten Frau. Aufgerissen, vertrocknet, an manchen Stellen sogar blutig. So müssen Hände aussehen, die am Tag hunderte Male gewaschen und gebürstet werden. Ein bisschen wie Krallen. Schnell ziehe ich meine Hand weg. Der Vogel aber lächelt zufrieden und schwirrt zum Buffet.

In der nächsten halben Stunde werde ich Zeuge eines krankhaften Rituals. Madeleine holt circa zehn Servietten und bringt sie an unseren Tisch. Dann holt sie Messer, Gabel und Löffel. Dann eine Tasse Tee, dann eine zweite Tasse Tee und dann eine Tasse Milch. Alles trägt sie einzeln vom Buffet zu ihrem Platz hinüber. Sie rennt hin und her, holt einen Apfel, dann einen Teller, noch mehr Servietten. Dann eine Scheibe Vollkornbrot. Und noch mal einen extra Teller. Sie flattert so schnell zwischen Tisch und Buffet hin und her, dass ich sie manchmal aus den Augen verliere. Als sie sich endlich setzt, bin ich fertig mit meinem Frühstück.

Sie lächelt mir zu, ordnet die vielen Sachen auf dem Tisch und springt dann wieder auf. »Messer ist dreckig«, murmelt sie. Ein neues muss her. Als sie zurückkommt, stehe zur Abwechslung ich mal auf und hole mir noch einen Tee.

Endlich sitzen wir dann beide gleichzeitig an einem Tisch.

Wir spielen das übliche »Und-was-hast-du?«-Spiel. Das heißt, eigentlich spielt das Vögelchen es mit mir, denn ich spare mir die Frage nach seiner offensichtlichen Essstörung. Ruhig beantworte ich die üblichen Fragen, während ich beobachte, wie das Vögelchen frühstückt. Madeleine schiebt das Essen auf den Tellern hin und her, schält den Apfel, schneidet ihn und pult schlechte Stellen heraus, die für meine Augen unsichtbar sind. Sie pickt verschiedene Körner aus der Brotscheibe und sortiert sie sorgfältig auf dem Teller. Dann jongliert sie mit Milch und Tee, eine winzige Menge wird hier rein geschüttet, ein bisschen was dort hinein. Alles mit großer Hingabe und Konzentration.

Nebenbei zwitschert sie vergnügt vor sich hin. Ich beobachte sie und komme mir dabei vor wie ein Tourist, der einem Trickbetrüger beim Hütchenspiel zuschaut. Ich habe vor lauter Hin- und Hergeschiebe keinen Überblick mehr, was sie eigentlich wirklich zu sich nimmt. Aber genau das scheint Sinn und Zweck der Sache zu sein. Denn das Vögelchen ist offensichtlich ein Profi.

4

VIERTE WOCHE Wann endlich schlagen die Tabletten an, die ich Tag für Tag in mich hineinstopfe? Jede Stunde warte ich, beobachte mich: Kann ich eine Veränderung entdecken? Ich traue Antidepressiva nicht. Viel lieber hätte ich meine alten Notfallpillen wieder, aber die Ärzte und Schwestern bleiben hart. Keine Pillen mehr für Mila, die Tablettensüchtige. Wenigstens da gibt es eine Veränderung: Nach den ersten schlimmen Tagen, in denen ich, das gestehe ich mir nun ein, doch auf Entzug gewesen sein muss, lassen die dumpfen Schmerzen in meinem Kopf allmählich nach. Meine Laune wird eher schlechter: Das Getratsche der anderen Patienten nervt. Dauerthema sind immer die anderen. Wer hat was gesagt oder getan. Haben die nicht genug mit sich selbst zu tun? Dass auch ich den Großteil meiner Gedanken hier den anderen widme, verdränge ich gekonnt. Dabei drängt mich Dr. Hennings seit Tagen, mich endlich mit dem Verhältnis zu meinem Vater auseinanderzusetzen. Ich soll ihm einen Brief schreiben. Soll alles rauslassen, was ich mich nie zu sagen getraut habe, alles, was ich ihn schon immer hatte wissen lassen wollen. Dr. Hennings sagt, ich brauche den Brief nicht abzuschicken, er solle die Grundlage für das Familiengespräch bilden, das auch mir hier irgendwann bevorsteht, wie den meisten Patienten. Ich soll also diesen Brief an meinen Vater nur schreiben, um ihn dann Dr. Hennings vorzulesen. Das sollte zu machen sein. Trotzdem schiebe ich es vor mir her, bilde mir ein, erst schreiben zu können, wenn ich nicht mehr so schlecht gelaunt und traurig bin. Ich bin wirklich schrecklich traurig in den letzten Tagen. Ich frage mich, was ich hier eigentlich mache, so ganz allein. Keinen dieser Menschen hier kenne ich länger als drei Wochen, und doch bilde ich mir ein, das wären meine Freunde. Dabei sind es nur Mädchen, die mir ins Gesicht lachen und hinter meinem Rücken kotzen.

Mein Freund hat sich für nächste Woche angemeldet. Er wird sich für ein paar Stunden ins Auto setzen, um mich hier zu sehen. Leider kann ich mich nicht so richtig freuen. Will ich überhaupt, dass er mich hier sieht? Und die Leute, mit denen ich zusammen bin? Die Schwestern in den weißen Kitteln? Die Toiletten, die man nicht abschließen kann?

Als ich ihn das letzte Mal gesehen habe, war es noch ziemlich unwichtig, was er von der ganzen Klinikgeschichte hält. Was er von Mila in der Klinik hält. Damals ging es um existenziellere Dinge. Vielleicht ging es ums nackte Überleben. Aber jetzt, eingelebt in der Klinik, eingestellt auf Antidepressiva, verändert sich langsam meine Sichtweise. Wie das wohl ist, mit einer Frau zusammen zu sein, die gerade eingewiesen wurde? Mit einer Frau, die in den Wochen davor nur stundenlang weinend auf einem Sofa gesessen hat? Mit einer Frau, die seit Monaten nicht mehr ausgehen wollte, mit der man keine Freunde treffen, keine Sorgen teilen konnte? Ich bin schon lange nicht mehr die Mila, in die er sich mal verliebt haben muss.

Was er wohl seinen Freunden erzählt? »Danke für die Einladung, ich komme gerne. Mila? Nee, die kann ich leider nicht mitbringen, die ist grad in der Klapse. Aber ich freu mich auf die Party…«

Ich weiß, dass er auf Partys geht jetzt. Ich kenne ihn. Wahrscheinlich lässt er es grad richtig krachen. Endlich mal feiern ohne Mila, die Heulsuse, die zu Hause auf ihn wartet. Ich hoffe nur, dass es dabei bleibt. Beim Feiern, meine ich. Dass er nicht irgendwelche Tussis bei ihm zu Hause durch die Kissen schiebt, während ich hier die Laken nass weine. Gäbe es eine bessere Einladung, fremdzugehen als eine kilometerweit entfernt sicher eingeschlossene Freundin?

Im Zimmer herrscht dezentes Chaos. Auf dem Bett liegt ein offener Koffer, daneben stapeln sich Kleidung, Bücher, Schminkutensilien, und mittendrin sitzt, aus irgendeinem Grund noch kleiner und zierlicher als sonst, Clara. Und Clara packt.

»Was ist los, was machst du da?«

Sie schaut nicht zu mir hoch, sondern faltet weiter Hemdchen, die sie sorgfältig im Koffer verstaut. »Ich muss gehen. Mein geringes Gewicht, zusammen mit meinen Blutwerten.« Sie fängt an zu heulen. Ich hole Taschentücher aus dem Bad. Mit Taschentüchern sind wir hier wirklich gut ausgestattet, muss man sagen. Ich gebe das kleine Päckchen an Clara, aber sie legt es einfach nur neben sich und packt weiter. »Die Ärzte wollen mich nicht mehr länger hierbehalten. Es ist so gefährlich nach unten gegangen mit meinem Gewicht, dass ich daran sterben könnte.«

Ich setze mich auf den Boden und lehne mich an ihr Bett. »Und jetzt? Ich meine, die können dich doch nicht einfach rausschmeißen?«

»Tun sie ja auch nicht. Die überweisen mich in ein Krankenhaus. Ein richtiges, mit Krankenbett und Schläuchen und Monitoren, an denen ich die ganze Zeit überwacht werde, verstehst du? Die haben Angst, dass ich hier eines Abends einschlafe, und am nächsten Tag nicht mehr aufwache.«

Ich merke, wie sich die feinen Härchen an meinen Unterarmen in Zeitlupe aufrichten.

»Da würde ich ehrlich gesagt auch gerne drauf verzichten. Kann das denn passieren?«

Clara lacht gequält. »Natürlich kann das passieren. Was meinst du, woran so viele Essgestörte auf der Welt sterben? Sie verhungern. Der Körper ist leer, erschöpft und hört auf zu kämpfen. Irgendwann schaltet er sich einfach ab, weil es nichts mehr gibt, von dem er noch zehren könnte. Gibt über Nacht den Kampf auf. Und am nächsten Tag – liegt man tot im Bett.«

Jetzt erst wird mir bewusst, was Clara mir da erzählt. Sie ist in Lebensgefahr.

»Und was passiert im Krankenhaus?«, frage ich und versuche, die Panik, die in mir hochsteigt, zu verdrängen, indem ich ihr helfe, die restlichen Gegenstände in den Koffer zu packen.

»Ich weiß es nicht, wahrscheinlich werde ich zwangsernährt. Und eben beobachtet, Tag und Nacht. Hoffentlich schnallen die mich nicht fest.«

Sie klappt den übervollen Koffer zu und setzt sich drauf, um ihn zuzubekommen. Der Koffer schließt sich unter ihrem Fliegengewicht natürlich keinen Zentimeter weiter. Sie hätte ebenso gut versuchen können, ihn mit einer Wolke zu beschweren.

Endlich kann ich meine fünf Kilo zu viel nützlich einbringen. »Lass mich mal«, sage ich und lasse mich auf den Koffer fallen, der sofort mit einem saften Plopp zuspringt.

»Also gehe ich davon aus, dass du ganz bald wieder hier bist, oder?« Ich versuche, drohend und aufmunternd zugleich zu klingen.

Clara nickt, zuckt dann mit den Schultern. »Ich hoffe es.« Dann legt sie sich aufs Bett und wartet, bis sie von einer Schwester abgeholt wird. Als sie aus dem Zimmer ist, setze ich mich auf Claras Bett. Es ist noch warm. Ich streiche mit den Fingern eine Zeit lang über diese übrig gebliebene Wärme. Dann endlich weine ich.

»Ich fühle mich irgendwie verarscht.«

Luisa verzieht den Mund, als wollte sie sagen: So ist es, meine Liebe. Du wirst verarscht, aber so ist das nun mal. Sie spricht es ein bisschen anders aus: »Das gehört eben zur Krankheit dazu.«

Es geht um Clara. Ich habe mir Luisa geschnappt, in der Hoffnung, dass die mir wenigstens ansatzweise erklären kann, warum Clara ist, wie sie ist. »Immer tut sie so ... ich weiß auch nicht, so glücklich«, versuche ich meinen Frust zu erklären. »Als ob sie in Wirklichkeit gar nicht hier hingehören würde. Ich meine, sie ist schrecklich dünn und so. Aber sie wirkt immer so ausgeglichen. Hat immer einen guten Rat für andere. Verstehst du, sie ist echt clever!«

Luisa nickt und lässt dabei die blonden Kringellocken über ihre Schultern wippen.

»Ja, ich weiß. Aber sie ist in erster Linie clever darin, von sich selbst abzulenken. Ihre Krankheit zu vertuschen.«

»Aber warum?« Mich macht dieses ganze Essstörungsthema langsam aggressiv. »Warum könnt ihr nicht einfach essen, verdammt?«

Luisa schaut mich mit hochgezogenen Augenbrauen fast ein bisschen belustigt an. Das macht mich nur noch wütender. »Ehrlich, am liebsten würde ich ihr das Essen mit

Gewalt reinstopfen. Einmal am Tag ein dickes Butterbrot und aus die Maus.«

»Ja, das würde das Problem bestimmt lösen«, sagt Luisa mit einem ironischen Unterton, ohne mich dabei anzusehen.

»Aber was denn dann, Luisa? Was soll ich denn tun? Sie spielt mir vor, dass es ihr gut geht, sie isst, sie kotzt, sie lügt mir ins Gesicht. Das ist so verletzend.«

»Sie lügt nicht dich an. Du solltest das nicht persönlich nehmen. In erster Linie lügt sie sich selbst an. Da kannst du sowieso nichts tun. Keiner kann da was gegen tun. Deswegen ist sie *hier.*« Eigentlich sollten mich Luisas Worte hellhörig machen. Denn die verständnisvollen Sätze, die aus diesem hübschen Mund kommen, erinnern mich im Endeffekt auch nur wieder an Clara und ihre einfühlsame Art.

Ich schüttle den Kopf, sodass der Gedanke wieder sachte in den Tiefen meines Gehirns versinkt. »Ich dachte, sie kommt klar. Heute wird mir plötzlich bewusst, dass sie in Lebensgefahr ist. Und ich habe es nicht mal gemerkt.« Vielleicht ist Luisa auch genau die Falsche, um über dieses Thema zu sprechen, denke ich mit einem Mal. Ihr geht es schließlich nicht anders. Ich betrachte sie von der Seite. Wie den meisten Bulimikerinnen sieht man ihr die Krankheit nicht sofort an. Sie ist dünn, aber nicht dürr. Vielleicht, weil sie im Gegensatz zu Clara wenigstens ab und zu eine Mahlzeit in ihrem Magen lässt. Clara hingegen sieht aus, wie sonst nur die meisten Magersüchtigen in der Klinik. Ungesund, krank, untererernährt. Vielleicht ist mein Wunsch, ihnen das Essen gewaltsam reinzuzwängen, ja auch genau die Reaktion, die sie sich wünschen. Sie wollen gefüttert werden. Umsorgt sein, Aufmerksamkeit bekommen, geliebt werden.

Diese Mädchen würden lieber verhungern, als sich von der Hoffnung zu verabschieden, geliebt zu werden.

Ich habe noch eine halbe Stunde bis zu meiner nächsten Therapiesitzung und beschließe, ein bisschen rauszugehen. Auf der Wiese vor der Klinik sitzen das Reh, das Vögelchen und der verwunschene Mann auf einer Decke. Ich komme mir langsam vor wie im Märchenwald.

»Darf ich mich zu euch setzen?«, stelle ich die Standardfrage, da hier dauernd extrem private Dinge besprochen werden. Die drei nicken. Es wurde offensichtlich grad nicht viel geredet. Jetzt halten wir zu viert unsere Nasen in die Sonne und beobachten die Spaziergänger, die an uns vorbeischlendern. Das macht deswegen besonderen Spaß, weil die Spaziergänger uns auch beobachten. Direkt am Rand der Wiese, neben der Kliniktür, steht ein auffälliges Schild. Darauf in großen blauen Buchstaben: »Klinik für psychosomatische Krankheiten«. Wenn nachmittags die Spaziergänger an der Klinik, uns und dem Schild vorbeikommen, bleiben sie manchmal stehen. Die Männer stemmen dann die Hände in die Hüften und lesen ihren Frauen laut vor, was auf dem Schild vor ihnen steht. Dann schauen sie vom Schild auf uns, senken die Stimmen und beginnen zu tuscheln. Wir tun so, als merkten wir das nicht. Liegen auf der Wiese, spielen Gesellschaftsspiele, quatschen miteinander oder starren in die Luft. Manchmal sitzt auch jemand einfach da und weint tonlos. Die Spaziergänger mustern uns unauffällig, in den Gesichtern eine Mischung aus Unbehagen und Faszination. Sie wollen uns nicht angaffen, schließlich sind wir krank. Steht ja groß auf dem Schild direkt neben uns.

Sind die bemitleidenswert? Oder muss ich Angst vor ihnen haben?, kann ich ihre Augen fragen sehen. Welche

Krankheit wohl das Mädchen mit den Stoppelhaaren auf der bunten Wolldecke da drüben hat? Oder die beiden Männer, die sich auf der Bank eine Zigarette teilen?

Ich dagegen weiß, was sie haben, kenne alle Geheimnisse und lächle still in mich hinein. Denn ich weiß auch, dass die meisten dieser Spaziergänger nicht viel weniger krank sind als wir. Sie sollten uns beneiden um die Auszeit, die wir uns vom Leben nehmen dürfen. Stattdessen beäugen sie uns wie Zootiere in ihrem Gehege. Und das Schild weist uns als Spezies der Psychos aus. Ich stelle mir vor, wie wir uns weiße Schilder um den Hals hängen, um die Neugier der Leute zu befriedigen: ›Depressiver, verbringt die meiste Zeit im Bett‹ oder ›Bulimikerin, bitte nicht füttern‹. Kurz denke ich darüber nach, die Spaziergänger anzufauchen und ein bisschen zu erschrecken, weil ich ja schließlich verrückt bin.

Stattdessen lege ich mich zurück und versuche, einfach mal nur die Sonne zu genießen. Es ist ein wunderschöner warmer Tag, das Vögelchen und das Reh haben ihre Frauenzeitschriften ausgepackt und lösen Psychotests. Ron feilt sich sorgfältig die Fingernägel. Ich seufze laut und bin einfach nur dankbar, gerade nicht arbeiten zu müssen. Fünf Minuten lang lasse ich mir noch die Sonne auf den Bauch brennen, dann muss ich los. Ich verabschiede mich von meinen schweigsamen Freunden aus dem Märchenwald und schlendere zu meiner Therapiestunde bei Dr. Hennings.

Als ich die Treppen raufgehen will, sitzt vor dem Schwesternzimmer eine unscheinbare Frau und weint. Ich kenne sie schon. Sie steht oft in der Raucherecke und weint. Oder sie sitzt auf dem Rasen und weint. Abends läuft sie weinend die langen Klinikflure entlang. Sie weint nicht still vor sich hin, sondern laut und herzzerreißend. Sie schreit, als würde ihr jemand körperliche Schmerzen zufügen. »Traumapatientin« sagen die anderen. Man gewöhnt sich an alles. Unbeeindruckt gehe ich an ihr vorbei und in meine Therapiestunde.

Am Nachmittag treffe ich mich mit Katharina; in einem Anflug von Enthusiasmus hatten wir verabredet, gemeinsam um den See zu spazieren. Aber Katharina ist schlecht drauf, und auch ich wäre lieber im Bett geblieben. Ich fühle mich so traurig und erstarrt wie in meinen ersten Tagen hier. Ich will nicht essen, nicht trinken, nicht sprechen, nicht atmen. Ich fühle mich wie ein großes schwarzes Loch. Erst nach einer ganzen Weile kann Katharina sich aufraffen, eine Unterhaltung zu beginnen. »Ich habe ihn angerufen«, sagt sie leise und auf eine Art, als gäbe es nur einen einzigen »Ihn« auf dieser Welt, den sie meinen könnte.

»Deinen Exfreund?«, frage ich trotzdem nach. Sie nickt und wirkt, als könne sie sich nicht richtig entscheiden, ob sie lachen oder weinen soll. »Hast du ihm das mit Paris gebeichtet?« Sie bleibt stehen, schaut mich an und nickt stumm.

»Ja und? Was hat er gesagt?!«

»Irgendwie hatte ich nicht das Gefühl, dass er wirklich überrascht war, dass ich gelogen habe.«

»Aber er hat doch nichts geahnt, oder?«

Katharina bohrt mit der Spitze ihrer feinen Wildlederballerinas ein Loch in den sandigen Boden. »Kann er gar nicht. Ich habe die Geschichte mit Paris allen erzählt, die es hören wollten. Woher sollte er wissen, dass sie nicht stimmt?«

Ich zucke mit den Schultern und drehe mich zum See um. Ich kann ohnehin nicht verstehen, warum Katharina mit so viel Aufwand ein solches Lügenkonstrukt gebaut hat. Statt ihr zu antworten, schaue ich in den Himmel, der vollkommen vernebelt ist. Der Nebel reicht runter bis auf das graublaue Wasser. Man sieht nicht, wo der See aufhört und wo der Himmel anfängt. Als würden die Enten durch den Himmel schwimmen.

Unser Gespräch endet so abrupt, wie es begonnen hat. Ich traue mich nicht, Katharina zu fragen, warum ihr Freund diese Beziehung beendet hat. Und ich glaube auch nicht, dass sie mir die Wahrheit sagen würde. Wir drehen um.

Heute sind ganz viele neue Patienten in die Klinik gekommen. Die meisten von ihnen sind ziemlich dick, um nicht zu sagen fett. Es sind die neuen Adipositaskranken. Sie stehen in kleinen Gruppen in der Eingangshalle herum und fühlen sich unwohl, wie wir alle am ersten Tag. Sie haben noch kein Zimmer, wissen nicht wohin, was sie erwartet und wer. Trotzdem vermutet man auf den ersten Blick starke, selbstbewusste Persönlichkeiten, einfach weil sie so robust aussehen. Dabei sind sie doch ebenso verletzbar wie wir alle hier drinnen. Genau umgekehrt wie die Magersüchtigen haben die Adipositas riesige, kugelige Körper mit im Verhältnis kleinen, runden Köpfen darauf. Es ist seltsam, diese dicken, behäbigen Frauen und Männer neben den skelettartigen Figuren der Mädchen zu sehen. Eine Freakshow, in der die Freaks sich untereinander suspekt sind. Als Luisa und ich an einem besonders dicken Mann vorbeikommen, raunt Luisa mir leise zu: »Zieh ich Arm und Beinchen ein, könnt' ich eine Kugel sein.«

Abends wird mir die Abwesenheit von Clara am stärksten bewusst. Ich habe nichts von ihr gehört seit dem Tag, an dem die Schwester sie abgeholt und ins Krankenhaus gebracht hat. Nun liege ich nachts allein in dem dunklen, stillen Zimmer. Ich vermisse die abendlichen Gespräche, die ich mit Clara von Bett zu Bett geführt habe, und fühle mich unwohl, so allein auf dem Zimmer in einem riesigen Komplex voller Irrer. Mehrmals prüfe ich, ob ich die Tür auch wirklich abgeschlossen habe, bevor ich in mein Bett schlüpfe. Wäre ich jetzt zu Hause, würde ich mich zum Einschlafen am Ohrläppchen meines Freundes festhalten. Stattdessen schreibe ich endlich den Brief an meinen Vater. In stiller Wut, bis mir vor Erschöpfung die Augen zufallen.

Anette-Sheila und das Huhn Christine scheinen endgültig zueinandergefunden zu haben. Schon in den letzten Gruppensitzungen hatte ich das Gefühl, dass die beiden nur noch Augen füreinander und ihre gegenseitigen spirituellen Schwingungen haben. Als ich dann heute beim Frühstück aus der verglasten Fensterfront runter auf die Klinikwiese schaue, entdecke ich sie wieder. Auf einem riesigen, bunt bestickten indischen Tuch verrenken sich das Huhn und seine Hilfstherapeutin die alten Knochen zu ungewohnten Yogapositionen. Wobei – ungewohnt scheinen die Übungen eigentlich nur für das Huhn zu sein; Sheila dagegen legt eine ordentliche Kerze hin, reckt den Hintern hoch in die Luft, bleibt eine Weile in dieser Position, um dann die Beine noch weiter Richtung Kopf fallen zu lassen, so weit, dass schließlich ihre Knie links und rechts neben ihrem Gesicht liegen und ihr Hintern auf irgendwie obszöne Weise in meine Richtung zeigt. Fasziniert beiße ich in mein Honigbrötchen und kann den Blick nicht abwenden. Es ist wie bei einem Verkehrsunfall. Weggucken geht nicht, hingucken aber irgendwie auch nicht.

Als ich mich schließlich umsehe, merke ich, dass ich nicht die Einzige bin, die von dem Yogazirkus der beiden Damen da draußen in den Bann gezogen wird. Mehrere der älteren männlichen Patienten kleben an der großen Glasfront und schicken schmachtende Blicke zu den Frauen auf dem Rasen unter ihnen. Kaum zu glauben, dass es auch hier das Phänomen der Kurschatten gibt. Ich wende mich angewidert ab. Nach ein paar Minuten scheint die Vorstellung beendet zu sein. Langsam widmen sich die Zuschauer wieder den Resten ihres unterbrochenen Frühstücks. Unten auf der Klinikwiese liegt ein erschöpftes Huhn, gackert sich die Seele aus dem Leib und wirkt zum ersten Mal seit Wochen entspannt.

Auf meinem frisch bezogenen Bett sitzt ein Problem.

»Oh nein«, stöhne ich bei seinem Anblick, »bitte nicht *noch* ein Problem.«

Es schaut mich ein bisschen gekränkt an und fragt dann zögerlich:

»Du hast nicht auf mich gewartet ...?«

»Nein«, antworte ich genervt. »Ich hab hier eigentlich schon genug von deiner Sorte.«

»Großartig.« Das Problem lächelt mich erleichtert an. »Wir kommen eh selten allein – wo sind die anderen?«

Suchend schaut es sich um. Ich antworte ihm nicht.

»Was für ein Problem bist du genau?«, frage ich es nach einer Weile, obwohl ich es schon ahne.

»Ich bin dein Autoritäts-Problem«, antwortet es beinahe stolz.

»Eigentlich müsstest du mich kennen, mich gibt's nämlich schon ziemlich lange. Ich habe mit deinem Job zu tun.«

Wie arrogant es ist, denke ich im Stillen. Und so resistent. Das Problem schiebt sich zur Bettkante, lässt seine kurzen Beinchen baumeln, die es von der Lüge geerbt hat, und flüstert: »Ach komm schon. Du könntest versuchen, mich zu lösen. Von mir aus kannst du mich auch eine Zeit lang ignorieren. Nur bitte, bitte, verdräng mich nicht wieder.«

Ich seufze. Es hat nicht ganz unrecht. Ich bin schließlich hier, um mich mit diesen kleinen Monstern zu beschäftigen.

Also gebe ich mich geschlagen und schiebe es zu seinen Kumpels auf die lange Bank. Ich höre noch, wie es dort von den anderen Problemen mit lautem Hallo begrüßt wird, dann schließe ich schnell die winzige Zellentür in meinem Gehirn und steige unter die Dusche.

Gleich in der nächsten Therapiestunde spreche ich mit Dr. Hennings über das resistente Problem von meiner Bettkante.

Über die Ohnmacht, die ich bei der Arbeit fühle, wenn ich mal wieder für die Tonne gearbeitet habe, wenn ich von meinen Chefs nicht ernst genommen werde, wenn ich versuche, etwas zu ändern und nur auf Mauern stoße.

Wie ich mich selbst sehe, ein Schaf in einer Herde von Schafen, das am Morgen zur Arbeit geht, die Stunden abreißt und noch ein paar Überstunden drauflegt, um nur nicht negativ aufzufallen. Um die Berge sinnfreier Arbeit abzutragen, die jeden Tag von Neuem auf dem Schreibtisch landen. Ich erzähle von der Angst, die mich befällt, wenn ich mir vorstelle, dass das noch Jahre so weitergeht.

Als ich meine Horrorvisionen ausgiebig geschildert habe, schaut mich Dr. Hennings herausfordernd an. »Deswegen die vielen Schmerztabletten?«

Ich bin mir nicht sicher, ob es eine Frage oder eine Feststellung ist. »Vielleicht«, antworte ich und füge nach einer Weile hinzu: »Ich kann mein Leben damit besser ertragen.«

»Frau Winter, wenn Sie Ihr Leben so furchtbar finden, warum machen Sie nicht einfach etwas anderes damit? Irgendwas, das Ihnen so viel Spaß macht, dass Sie diese Tabletten nicht mehr brauchen?«

Ich starre ihn verständnislos an. »Weil wir mitten in der Wirtschaftskrise sind?«, frage ich etwas arrogant zurück. »Weil viele meiner Freunde mich um meinen Job beneiden? Weil, wenn ich kündige, schon zehn Leute Schlange stehen, die sich für diesen Job den kleinen Finger abhacken würden?«

Dr. Hennings schaut mich geduldig an. »Zehn Leute wollen also Ihren Job. Aber wollen Sie ihn auch?«

Ich zucke mit den Schultern. »Ich will ihn auf jeden Fall nicht verlieren.«

»Essen Sie auch das letzte Stück Schokolade, damit es kein anderer bekommt, obwohl Ihnen eigentlich schon schlecht ist?«

»Was wollen Sie von mir? Dass ich meinen Job kündige?«

»Ich will überhaupt nichts von Ihnen, Frau Winter. Ich versuche nur, Ihnen dabei zu helfen herauszufinden, was Sie wollen.«

Ich merke, wie ich immer böser mit Dr. Hennings werde. »Ich habe schon lange aufgehört zu glauben, dass ich das machen kann, was ich will.«

Er sieht mich einfach nur an. Nach einer Weile sagt er: »Ich glaube, das ist es, was die Sache so schwierig macht, kann das sein?«

Ich schaue ihn fragend an.

»Kann es sein, dass Sie sich in den letzten Jahren so verbogen haben, dass Sie gar nicht mehr genau wissen, was Sie eigentlich wollen?«

»Möglich, dass ich es irgendwo zwischen zwei Praktika verlernt habe.« Meine Aggressionen verwandeln sich schlagartig in Selbstmitleid. »Oder während ich damit beschäftigt war, irgendeinem Personalchef in den Hintern zu kriechen.«

Dr. Hennings lacht. Irgendwie habe ich das Gefühl, dass er mich nicht ernst nimmt. Oder er ist heute einfach besonders gut drauf? Darf der das? Ich versuche noch mal, ihn zu überzeugen: »Verstehen Sie denn nicht? Es gibt so viele Möglichkeiten wie noch nie für Leute in meinem Alter. Aber eine einfache, schlichte Festanstellung, wie ich sie jetzt habe, ist trotzdem Mangelware. Wenn ich kündige, finde ich vielleicht nie wieder einen so tollen Job. Und dann? Sitze ich da und bin für immer arbeitslos.«

Es wirkt fast, als mache Dr. Hennings sich lustig über mich.

»Meine Güte, Frau Winter, nehmen Sie doch nicht alles so bierernst.« Ich schaue empört hoch, so was hat mein Therapeut noch nie zu mir gesagt. Aber Dr. Hennings macht unbeirrt weiter: »Na kommen Sie, Sie sind siebenundzwanzig und Sie sind unzufrieden. Nehmen Sie Ihr Leben wieder in die Hand. Und zwar ohne sich aus Angst vor einem Fehler ständig verrückt zu machen.«

»So einfach soll das sein, oder was?«

Er nickt, und ich kann den Schalk in seinem Nacken sehen. »Ja, so einfach ist das manchmal. In den meisten Fällen gibt es nämlich gar kein Richtig oder Falsch. Es gibt einfach nur Ihre Entscheidung. Und wenn Sie die einmal gefällt haben, wird es Ihnen schon viel besser gehen.«

Ich bin misstrauisch. Eine Entscheidung fällen, einfach so, wo es doch Tausende von Optionen gibt, die alle sorgfältigst durchdacht werden wollen? Was für ein absurder Gedanke. Ein verrückter, leichtsinniger, verlockender Gedanke. Ein Gedanke, der sich in meinem Kopf verheddert und den ich den Rest des Tages nicht mehr herausbekomme.

Katharina ist mittlerweile zu *der* Infoquelle der Klinik geworden. Ihre interessierte Art bringt jeden dazu, ihr seine Lebensgeschichte zu erzählen. Und ihr scheint es nichts auszumachen, sich stundenlang fremde Probleme anzuhören, im Gegenteil. Sie weiß über alles und jeden hier Bescheid. Und wir sitzen um sie herum und saugen gierig die Geschichten in uns auf, die uns die eigenen Schäden vergessen machen lassen.

Am Abendbrottisch werden wir von Katharina mit den neuesten Infos gefüttert, als mein Blick auf Tamara, die tablettensüchtige Krankenschwester fällt. Gespannt lauscht sie Katharinas Geschichten und hat sich dabei den Ärmel ihres Longsleeves hochgeschoben, um sich am Ellenbogen zu kratzen. Als ich ihre Unterarme sehe, die sie sonst immer sorgfältig bedeckt hält, fahre ich unwillkürlich zusammen. Lange, tiefe Narben ziehen sich quer über ihren Arm. Schon öfter habe ich bei den verschiedensten Patienten der Klinik solche Einschnittnarben auf Unter- und Oberarmen gesehen. Schnurgerade Schnitte, die exakt parallel zueinander auf der Haut verlaufen. Manche verstecken sie, manche zeigen sie ganz selbstverständlich her. Aber ein solches Gemetzel wie auf Tamaras Arm habe ich noch nie gesehen. Es sind nicht nur Schnitte, da sind auch kreisrunde Narben, die aussehen, als hätte sie sich brennende Zigaretten auf der Haut ausgedrückt. Landkarten des Schmerzes.

Als Tamara meinen Blick bemerkt, zieht sie den Ärmel schnell herunter, bis fast ihre ganze Hand in dem Longsleeve verschwindet. Sofort schaue ich weg und widme mich wieder Katharina und ihrer Geschichte um ein Patiententechtelmechtel. Aber ich kann ihr nicht richtig folgen. In meinem Kopf entsteht ein Bild von mir in einem Badezimmer, vor langer Zeit. Ich erinnere mich, dass ich das Ritzen auf Armen und Beinen auch schon mal ausprobiert habe. Ich hatte mit einer kleinen Nagelschere angefangen, über die weiche Innenseite meines Unterarms zu fahren. Erst nur ganz leicht, sodass die Scherenspitze weiße Linien auf der Haut hinterließ. Dann ein bisschen kräftiger, sodass ich schon einen Schmerz spüren konnte und erste, winzige Blutströpfchen aus den Linien hervortraten. Dann mit immer mehr Druck immer tiefer in die Haut, bis mein Schoß blutig wurde und ich in Panik anfing, die Wunden zu desinfizieren und zu verbinden. Aber die stille Befriedigung, von der mir die Patienten hier erzählen, die Erleichterung über den kontrollierbaren Schmerz, habe ich damals nicht fühlen können. Ich habe ziemlich schnell wieder damit aufgehört. Narben sind keine geblieben.

Als ich wieder hochschaue, blickt mich Tamara direkt an. Eine Weile halte ich ihrem stechenden Blick stand, dann gebe ich auf und senke die Augen. Ich fühle mich nackt. Hat sie meine Gedanken gelesen?

Heute ist der Tag, an dem mich mein Freund in der Klapse besucht. Wir haben verabredet, uns auf der Klinikwiese zu treffen. Ein wenigstens einigermaßen neutrales Terrain. Als ich aus der Eingangstür komme und meinen Blick über die vollbesetzte Wiese schwenken lasse, sehe ich ihn sofort. Obwohl er versucht, sich so klein wie möglich zu machen. Auch das sehe ich sofort, wir sind schließlich seit fünf Jahren zusammen; ich kenne seine Körpersprache in Situationen, in denen er sich unwohl fühlt. Und jetzt gerade fühlt er sich unwohl wie lange nicht mehr. Er sitzt auf einer der wenigen Holzbänke am Rand der Wiese, Oberkörper nach vorne gebeugt, Ellenbogen auf die Knie gestützt, die Kappe tief ins Gesicht gezogen, den Blick konzentriert auf das kleine Stückchen Boden zwischen seinen Füßen gerichtet. Er versucht, so unauffällig wie möglich auszusehen, und trotzdem, sein ganzer Körper schreit: Sprecht mich bloß nicht an, ihr Verrückten! Ich muss lachen. Dann spreche *ich* ihn jetzt mal an. Ich schleiche mich von hinten an ihn heran und tippe ihm auf die Schulter. Sein Rücken krampft sich unter seinem weichen Kapuzenpulli zusammen. Dann dreht er sich langsam um, und ich gucke in das Gesicht, das ich liebe. Ein sehr ängstliches Gesicht, das sich auch bei meinem Anblick nur langsam wieder entspannt.

»Mila. Hast du mich erschreckt.«

Ich lächle ihn an, gehe um die Bank herum und lasse mich auf seinen Schoß fallen. »Willkommen im Land der Verrückten.« Dann gebe ich ihm einen Kuss auf den Mund. »Schön, dass du hier bist.« Er legt behutsam die Arme um mich, ich wiederum lege meinen Kopf kurz in die dafür vorgesehene Kuhle an seinem Hals. »Wie geht's dir, meine Liebe?«

Ich muss lächeln. Er versucht herauszubekommen, in welcher Stimmung ich gerade bin. Ich erzähle ihm ein bisschen von Dr. Hennings, meinem Zimmer, den Tabletten. Aber ich merke, dass es mir schwerfällt. Das hier ist eine Welt, die man nur verstehen kann, wenn man in ihr lebt. Was soll ich sagen? Ich fühle mich wie jemand, der von einer Weltreise nach Hause kommt und gefragt wird: »Und? Wie war's?« Solche Fragen lassen sich nur schwer beantworten. Außerdem spüre ich, dass auch mein Freund nicht richtig bei der Sache ist. Immer wieder schaut er über meine Schulter zu der Wiese, auf der sich immer mehr Patienten versammeln. Er sieht diese Leute in der gleichen Weise an, wie ich es von den Spaziergängern kenne. Ängstlich, interessiert, abschätzig. Ich sollte daran gewöhnt sein, trotzdem verletzt es mich, diesen Blick bei ihm zu sehen. Er muss doch wissen, dass es sich hier um ganz normale Menschen handelt. Er hat doch selbst eine Freundin hier? Und dann merke ich, wie die Wut in mir hochsteigt. Keine Sekunde lang gebe ich mir die Mühe, sie zu unterdrücken. »Jetzt glotz doch nicht so. Das ist schließlich kein Zoo.« Ich klettere von seinem Schoß und setze mich mit angezogenen Beinen neben ihn auf die Bank.

»Entspann dich mal, Mila. Ich werd ja wohl noch mal gucken dürfen.« Er sieht mich spöttisch lächelnd an und gibt mir einen Stups.

»Aber nicht so«, antworte ich und bekomme Lust, mich zu streiten. Ich kenne diese Lust, ein paar Sekunden wird sie jetzt auf einem Drahtseil tanzen, sich nicht entscheiden können, soll ich, soll ich nicht, zu welcher Seite werde ich springen? Es braucht nicht viel, um mich jetzt noch aus der Reserve zu locken, und genau in diesem Moment gibt mir mein Freund die perfekte Vorlage. »Guck dir doch mal bitte die Leute hier an, Mila. Wie die die ganze Zeit in die Luft starren und heulen. Das ist doch krank.« Wahrscheinlich ist es nur ein erbärmlicher Versuch gewesen, sich mit mir zu verbrüdern, mit mir einen kurzen Moment zu lachen über die Situation und ihre Komparsen.

Aber ich beschließe, ihn anders zu verstehen. »Ach. Schon mal darüber nachgedacht, was den Leuten hier passiert ist? Dass sie allen Grund dazu haben, in die Luft zu starren und zu heulen?« Mein Freund fährt sich nervös mit der Hand durchs Gesicht. »Ich wollte doch nur sagen, dass du nicht so bist. Du wirkst so normal gegen diese ganzen Leute … ich meine … guck dir doch zum Beispiel mal die komische Trulla da vorne an, das ist doch echt ein bisschen wie im Irrenhaus hier.« Zu seinem Unglück zeigt er auf Ron, der gerade etwas ungeschickt versucht, mit hochhackigen Schuhen über die weiche Wiese zu stöckeln. Noch mal tanzt meine Laune kurz auf ihrem Drahtseil herum. Wie Ron sich da über die Wiese kämpft, hat tatsächlich etwas Komisches. Ich könnte jetzt einfach lachen, mein Freund würde einstimmen, und die Sache wäre gegessen. Aber wieder entscheide ich mich für die andere Möglichkeit. »Ja, der Typ ist anders als du«, zische ich zurück, »na und? Passt er deswegen nicht in dein Weltbild? Ist er nicht normal genug?

Nicht so gleichgeschaltet wie alle anderen in deiner Welt da draußen?« Mein Freund stöhnt auf, aber ich mache weiter. »Was ist denn so schlimm daran, anders zu sein? Warum musst du uns deswegen so anglotzen? Du hast doch einfach nur Angst vor allem, was nicht deiner Norm entspricht.«

»Ach, und jetzt bin ich der Verrückte hier, oder was?« Endlich ist auch seine Geduld am Ende. Ich verschränke die Arme vor der Brust und starre über meine verrückten Mitpatienten hinweg. »Vielleicht. Vielleicht würde es dir auch mal ganz gut tun, hier ein paar Wochen zu verbringen. Dann könntest du dich mal mit deiner Angst beschäftigen vor allem, was fremd und nicht kontrollierbar ist«, sage ich provozierend.

»Was soll der Scheiß, Mila? Nur weil du ein paar Wochen in der Klapse bist, musst du nicht glauben, dass du die Superpsychologin bist! Häng mir bitte nicht irgendwelche Hirngespinste an, die du dir gerade ausgedacht hast.«

»Irgendwas muss ja dran sein, wenn du dich so darüber aufregst.« Mein Freund schüttelt den Kopf. »Oh Mann, ist das eigentlich ein Frauending, dass du mir immer alle Worte so im Mund verdrehen musst, oder ist das, weil du einfach ein bisschen durchdrehst, gerade?« Natürlich nutzt er meinen wunden Punkt. Ich frage mich ja selbst ständig, was noch normal ist. Aber zeigen will ich ihm das auf keinen Fall. »Hör bitte auf mit diesem Psychogelaber. Wenn du das hier brauchst«, er zeigt mit einer weit ausladenden Bewegung auf die Klinik und ihre Patienten, »dann ist das in Ordnung. Du weißt, dass ich das alles unterstütze, damit es dir besser geht. Aber zieh mich da nicht mit rein in diesen Psychozirkus.«

»Dieser Psychozirkus ist aber nun mal eben ein Teil von meinem Leben, okay? Das gehört verdammt noch mal zu mir, und wenn du das nicht akzeptierst«, meine Stimme überschlägt sich, und er unterbricht: »Mila, jetzt entspann dich mal wieder.« Er sagt es ganz leise. Beruhigend, einfühlsam. Er spricht genauso, wie man mit einer unzurechnungsfähigen Irren sprechen würde. Mit dieser Stimme gibt er mir zu verstehen: Du kannst gar nicht im Recht sein, weil du nämlich verrückt bist. Und ich weiß das, wir beide wissen das, und jetzt legst du dich mal wieder schön in dein steriles Klinikbett und schluckst eine von deinen Tabletten.

Ich springe auf. »Red nicht mit mir, als wäre ich total bescheuert«, schreie ich ihn an und fühle mich gleichzeitig furchtbar hilflos und lächerlich dabei, diese Worte an genau diesem Ort zu benutzen. Auch meinem Freund entgeht die Komik des Moments nicht, und er muss schmunzeln.

Das gibt mir den Rest. Er nimmt mich nicht ernst. »Am besten, du fährst direkt wieder nach Hause«, sage ich tonlos, die Tränen steigen mir in die Augen. Ich stehe auf und laufe auf den Klinikeingang zu. Er hält mich nicht auf. Nicht nach einem Meter, nicht nach zehn Schritten und auch nicht, als ich die Tür zum Klinikeingang aufreiße. Er hält mich nicht auf. Ich gehe die Treppen hoch. Als ich in meinem Zimmer angekommen bin, renne ich auf den Balkon, um nachzusehen, ob mein Freund noch auf seinem Platz sitzt. Aber die Bank ist leer. Ich rolle mich auf den kalten Terracottafliesen zusammen und habe keine Ahnung, wie diese letzte halbe Stunde passieren konnte.

Ich bekomme immer mehr das Gefühl, dass die Trennung von ihrem Freund nicht Katharinas einziges Problem ist. Zufällig treffe ich sie in dem kleinen Lebensmittelladen im Dorf. Katharina steht dort sehr konzentriert vor einem der Regale, nimmt eine Senfdose nach der anderen heraus und inspiziert sie genau. Ich beobachte sie eine Weile. Eine ganze Weile. Um genau zu sein, sehe ich Katharina fast vier Minuten dabei zu, wie sie Etiketten studiert. Dann gebe ich es auf. »Was suchst du?«, frage ich in ihren Rücken und sehe mit Genugtuung, wie sie zusammenzuckt.

»Oh. Mila.« Sie lächelt verlegen. Dann schaut sie wieder in Richtung Regal. »Ach nichts, ich wollte mich nur mal umschauen. Mir war langweilig …«

Ich glaube ihr kein Wort. »Und Senfglasettiketten im Laden zu lesen erschien dir da als eine spannende Abwechslung?«

Katharinas gepflegtes Gesicht wird von einer leichten Röte überzogen. »Na ja, ich …« Sie dreht das Senfglas zwischen ihren Händen hin und her. Der Deckel des Glases ist blau, weiß und rot gestreift. Ich stutze. Die Trikolore. In meinem Kopf verbinden sich zwei Synapsen mit einer Heftigkeit, dass man es eigentlich auch außerhalb meines Gehirns hören müsste. »Und jetzt kaufst du dir, ebenfalls zur Abwechslung, ein Glas französischen Senf, frisch aus Paris.«

Katharina lacht gequält. »Okay, ich geb's auf.« Sie stellt das Glas zurück ins Regal. Und dann beichtet sie. »Jetzt wo mein Ex Bescheid weiß, will ich wenigstens, dass meine Clique nicht mitbekommt, wo ich bin. Und da dachte ich halt, so ein Glas französischer Senf, als Mitbringsel … ich werd ja bald entlassen.« Ich fasse es nicht. »Katharina, du glaubst doch nicht im Ernst, dass du deinen Klinikaufenthalt noch länger geheim halten kannst. Die wissen doch alle längst Bescheid.«

Katharina wischt mit ihren frisch manikürten Nägeln die feine Staubschicht zwischen den Gläsern vom Regal. »Ja, ich weiß. Du hast ja recht. Trotzdem, mir ist das halt so unglaublich peinlich.«

Ich nehme ihre Hand vom Regal und ziehe sie Richtung Ausgang. »Ich verstehe nicht, was so schlimm daran ist zuzugeben, dass du eingeliefert wurdest. Ich meine, das sind doch deine Freunde. Die mögen dich doch deswegen nicht weniger.«

Ein bisschen schwerfällig folgt sie mir. Kurz vorm Ausgang bleibt sie abrupt stehen. »Aber wenigstens eine Dose Fleur de Sel könnte ich doch noch kaufen!«

Ich bleibe ebenfalls stehen, schaue sie an und muss mich nun wirklich beherrschen. »Nein, Katharina. Auch kein Fleur de Sel. Komm endlich runter von deinem Trip. Du bist nicht in Paris, du bist in der Klinik. Weil es dir schlecht geht. Das ist nichts, wofür man sich schämen muss. Wenn du dir ein Bein brichst, gehst du doch auch ins Krankenhaus, oder?« Wäre schön, wenn ich mir das selbst alles so einfach glauben könnte. Aber wenigstens Katharina lässt sich überzeugen. Eine Viertelstunde später habe ich sie in die Klinik verfrachtet, wo sie hingehört.

Nach einer anstrengenden Gruppentherapiestunde bin ich auf dem Weg zurück in mein Zimmer. Ich habe nichts erzählt von dem Streit mit meinem Freund. Ich habe keine Lust, mir von Anette-Sheila Ratschläge anhören zu müssen. Irgendwas muss man in diesem Irrenhaus doch auch mal für sich behalten können, oder?

Als ich die Tür aufschließe, ist Clara wieder da. Sie sitzt auf dem Bett und starrt in die Luft. Dicker sieht sie nicht gerade aus. Ich freue mich trotzdem, dass sie wieder da ist. Ihre Blutwerte haben sich gebessert, und sie habe auch ein bisschen zugenommen, erzählt sie mit einem Lächeln. Deswegen durfte sie das Krankenhaus verlassen. Sie erzählt mir von den Geräten, Schläuchen und blinkenden Apparaten dort, und ich merke, wie ihre Stimme langsam bricht.

Sie schaut mich mit ihren großen Kugelaugen an, aus denen plötzlich dicke Tränen schießen. »Ich habe es nicht gewusst«, flüstert sie tonlos.

»Was nicht gewusst?«, frage ich und versuche ganz ruhig zu bleiben.

»Die Auswirkungen«, sagt sie. »Ich habe es nicht gewusst. Ich meine ... natürlich wusste ich, dass es schädlich ist. Alle haben es mir gesagt. Aber ich konnte darüber weghören. Ich hab mich so stark gefühlt. Mangelerscheinungen, was heißt das schon? Was es wirklich, ich meine *wirklich* bedeutet, habe ich nicht gewusst. Ich wäre fast gestorben. Der Körper macht das so lange mit. Er verzeiht dir so viel, und du glaubst, du bist so wahnsinnig stark, dass du diese Hungergefühle aushalten kannst. Aber irgendwann ist Schluss, verstehst du? Ich habe jetzt die Wahl, entweder zu essen oder zu sterben. Und ich werde mich nicht fürs Sterben entscheiden.«

Ich streichle ihre Pergamentpapierwange und freue mich. Es scheint, als ob in ihrem Innersten ein Schalter umgelegt worden sei. Vielleicht gibt es doch Hoffnung für uns.

In dieser Nacht befinde ich mich in einem Theater und stehe auf der Bühne. Mit etwa zehn anderen Mädchen tanze ich ein Ballett. Ich sehe, wie unsere weißen Spitzenschuhe auf und ab federn. Eines der Mädchen kenne ich. Es ist meine langjährige Freundin Valentina. Ich frage sie, ob dies eine Probe oder eine richtige Aufführung sei. Es ist eine Aufführung. Trotzdem steht eine grauhaarige Lehrerin mit einem überdimensional großen Dutt vor uns und gibt Kommandos. Ich bin verwirrt. Das geht doch nicht, vor dem Publikum? Wir üben immer denselben Part: Wir müssen uns in schneller Zeit auf bestimmten Plätzen im Raum verteilen. Jedes Mal sind die meisten nicht schnell genug. Bei mir klappt es ganz gut. Der Platz, zu dem ich im Raum renne, ist schnell zu erreichen. Doch plötzlich rennt beim Kommando immer Valentina auf meinen Platz. Was soll ich tun? Nun muss ich immer weiter laufen und finde meinen Platz im Raum nicht mehr. Ich wache auf und habe Kopfweh.

Niemandem von dem Streit mit meinem Freund zu erzählen, fällt mir erstaunlich leicht. Viel schwerer ist es, mit mir selbst nicht dauernd darüber zu sprechen. War's das jetzt?, fragt mich die Stimme in meinem Kopf. Hat er überhaupt verstanden, worum es mir ging? Was mich so verletzt hat? Will er es überhaupt wissen? Oder interessiert es ihn schon gar nicht mehr? Ich wäre ja nicht die Erste, die von ihrem Freund verlassen wird, weil sie in die Klapse muss. Gesellschaftsfähig ist das nicht gerade. Bin ich vielleicht schon wieder Single, ohne es zu wissen? Ein paarmal überwinde ich meinen Stolz und rufe ihn an. Aber es geht nie einer ans Telefon.

Clara entwickelt sich zur Vorzeigepatientin. Sie isst. Regelmäßig. Immer noch diszipliniert, immer noch in für mich homöopathischen Portionen. Aber sie isst. Und sie kotzt nicht. Sie hat sogar Spaß am Essen. Mit verträumtem Blick zählt sie mir auf, was in den letzten Jahren immer nur kurz in ihrem Magen bleiben durfte. Schwärmt von Backkartoffeln, Vanillepudding und Fruchtbonbons. Jetzt erlaubt sie diesen Dingen, bei ihr zu bleiben. Als ich eines Abends mit einer großen Tüte Chips auf meinem Bett sitze, fragt sie mich wie selbstverständlich, ob sie mal probieren könne. Ich beobachte sie genau. Und nach einiger Zeit kann ich es sehen. Man kann nicht von dicker werden sprechen. Aber sie sieht immer weniger aus wie der Tod persönlich. Ihre Wangen sind weniger eingefallen, ihre Arme nicht mehr ganz so weiß. Und ihre Augen haben ein bisschen Glanz bekommen. Vielleicht kann sie wirklich gesund werden. Und plötzlich bekomme ich Angst, dass Clara mich überholt. Nicht mehr lange, und sie wird entlassen. Ich hingegen halte Atem und Zeit auf meinem Klinikbett an und will noch immer nicht leben. Innerhalb der Klinik funktioniere ich mittlerweile ganz gut. Aber der Gedanke, die Käseglocke zu verlassen, lähmt mich jedes Mal. Die Welt da draußen macht mir Angst.

Seit fast einem Monat ist die Klinik nun schon mein Zuhause. Bei all dem Leid, der Anstrengung, der Trauer – ich fühle mich manchmal wie in einem nichtendenwollenden Ferienlager.

Es ist Sommer, und in der therapiefreien Zeit liegen die Patienten im Gras, springen in den See, gehen in den kleinen Ort zum Eisessen. Es ist streng verboten, andere Patienten mit auf die Zimmer zu nehmen, und natürlich machen sie es trotzdem. Wenn abends um dreiundzwanzig Uhr die Haupttüren geschlossen werden, sieht man die Verrückten über die Flure huschen und in fremden Zimmern verschwinden. Man besucht sich gegenseitig, schaut einen Spätfilm zusammen. Hinter den Türen hört man es rascheln, kichern, flüstern. Einige klettern auch für einen nächtlichen Sommerausflug über ihre Balkone. Und gar nicht so selten kommt es zu einer kleinen Romanze unter zwei Verrückten, die sich gefunden haben und in einem der Einzelzimmer verschwinden. Am nächsten Tag hört man die ganze Klinik tuscheln. Die Betroffenen lächeln geheimnisvoll oder protzen mit ihren Eroberungen.

Und dann ist natürlich immer irgendjemand eifersüchtig, fühlt sich ausgeschlossen oder heult. Wie im Ferienlager.

5

FÜNFTE WOCHE Eines Morgens laufe ich an Maria vorbei, die ganz allein an einem Tisch sitzt. Wenn man im Zusammenhang mit Maria das Wort allein überhaupt benutzen kann. Ich lächle sie an. Wer sie wohl gerade ist?

Sie bemerkt mich nicht und ist ganz mit den riesigen Mengen an Essen beschäftigt, das auf mehreren Tellern vor ihr steht.

An unserem Stammtisch sehe ich Katharina sitzen, hole mir meine erste Tasse Kaffee aus der Maschine und setze mich zu ihr. Sie strahlt mich an. Wie kann eine zertifizierte Depressive morgens so gut gelaunt sein?

»Guten Morgen. Na, wie geht's?« Ich erzähle ein bisschen halbherzig von meiner Traurigkeit, bin müde, davon zu sprechen. Lieber wälze ich fremde Probleme: »Sag mal, die Maria ist doch nicht auch noch essgestört, oder?«

»Nein, soweit ich weiß nicht. Obwohl sie ganz schön dünn ist. Warum? Hast du was gehört?«, fragt Katharina sofort hellwach.

Ich drehe mich zu Maria um. »Nein, gehört hab ich nichts. Aber guck dir mal ihren Tisch an, die hat sich am Buffet vier riesige Teller aufgeladen.« Katharina schaut jetzt auch rüber. Auf Marias Tisch stehen Teller mit verschiedenen Brötchen, Wurst, Käse, Müsli, Cornflakes, Obst, Tee, Kaffee, verschiedene Säfte und Wasser.

»Keine Ahnung«, Katharina grinst. »Vielleicht hängt das mit ihrer Persönlichkeitsstörung zusammen? Ich habe mal ein Buch gelesen über jemanden, der auch so eine gespaltene Persönlichkeit hatte, und die verschiedenen Charaktere in ihm hatten alle unterschiedliche Geschmäcker.«

»Der muss dann für mehrere essen, oder was?«

»Ja, so ungefähr ist das wohl. Der Typ hatte Kinder in sich, die wollten zum Frühstück immer Kakao und Milchbrötchen, eine Frau hat nur Obst gegessen und ein Junge am liebsten Cornflakes. Oder so ähnlich.«

»Abgefahren!«, sage ich. »Und du meinst, bei Maria ist das auch so? Wie schafft sie es, so dünn zu bleiben?«

»Keine Ahnung, vielleicht isst sie von allem nur ganz wenig. Vielleicht ist das auch gar nicht bei allen Persönlichkeitsgestörten gleich. Kann sein, dass sie auch einfach eine Essstörung hat. Oder einen gesunden Appetit.«

Ich weiß nicht, was ich sagen soll. »Irgendwie faszinierend und unheimlich zugleich, oder?«

Katharina nickt. »Ich hol mir auch mal was. Für eine Person.« Sie steht auf und geht zum Buffet. Ich schaue noch mal rüber zu Maria. Die sitzt gedankenverloren auf ihrem Stuhl und formt das weiche Innere eines Brötchens zu kleinen, runden Kugeln, die sie in ihrer Hosentasche verschwinden lässt.

In der Gruppentherapiestunde erzählt mein jüngster Lieblingsmanager, dass er nun Tavor bekommt. Ein Psychopharmakum, das nur Patienten mit heftigen Panikattacken verschrieben wird. Er ist froh, weil ihm die Tabletten wirklich helfen. Aber er beschreibt ein unangenehm schläfriges Gefühl, einen Nebel, den er nicht mehr richtig durchblicken kann.

Mit meiner Vorliebe für starke Schmerztabletten

schwanke ich zwischen Neid und Mitleid. Als er erzählt, dass ihn das Tavor zwischenzeitlich so müde macht, dass er mitten am Tag und in den unpassendsten Situationen einfach wegdämmert, wacht der Stuhlkreis um ihn herum auf. Plötzlich liegt neben dem Patschouliduft von Anette-Sheila ein Thema in der Luft, das auch mich schon länger beschäftigt, das ich aber bis jetzt erfolgreich verdrängt hatte. Was genau passiert hier mit uns? Ist der Manager nur hier, um wieder in der Gesellschaft zu funktionieren, die ihn vorher krank gemacht hat? Hätte er nicht das Recht zu sagen, dass er sich einfach nicht weiter anpassen will? Wie verrückt muss man sein, um in dieser Welt nicht verrückt zu werden? Nicht einmal Anette-Sheila mit ihren alternativen Ansichten kann uns weiterhelfen. Aber es fühlt sich wenigstens gut an, dass wir uns alle offenbar die gleichen Fragen stellen.

Ich muss auf andere Gedanken kommen und gehe ins Fernsehzimmer. Irgendjemand ist immer dort, heute Nachmittag eines der magersüchtigen Mädchen. Ich habe sie öfter mit Clara zusammen beim Nachsitzen gesehen.

Sie hält die Fernbedienung in der Hand und steht vor dem riesigen Apparat. Es läuft eine Kochsendung. Ein gut aussehender, junger Koch röstet gerade Pinienkerne an und plappert dabei munter vor sich hin.

»Hallo«, sage ich und lasse mich in einen der Sessel fallen.

»Hallo«, sagt das Mädel verlegen, sie tritt von einem Bein aufs andere. Eine ungeschriebene Regel im Fernsehzimmer lautet, dass der, der zuerst da ist, das Programm bestimmt. Also höre ich eine Weile dem Koch zu, der gerade enthusiastisch die Vorzüge verschiedener Olivenöle aufzählt. Nach ein paar Minuten steht das Mädchen immer noch da und wirkt unentschlossen.

»Entschuldigung, willst du dich nicht setzen? Weil du da so rumstehst … Oder wolltest du gerade gehen?«, frage ich sie.

Sie schüttelt den Kopf. »Nein, ich … würde das schon gerne sehen.« Trotzdem bleibt sie weiter stehen und starrt auf den Fernseher. Der Jungkoch hat nun angefangen, eine fette Mascarponecreme anzurühren. Wir schweigen eine Weile, jetzt bin auch ich verlegen.

Und dann begreife ich plötzlich. Diese Mädchen rechnen. Den ganzen Tag zählen sie ihre lächerlich-mickrigen Kalorien zusammen. Die schwirren ihnen wie nervige kleine Mücken im Kopf herum und lassen sie nicht zur Ruhe kommen: »Heute hatte ich einen Apfel, zwei Knäckebrote, ein Glas fettarme Milch, fünf Becher Tee. Darf ich mir heute noch eine Kiwi gönnen? Wie viel hatte ich gestern? Drei Äpfel, ein Knäckebrot, fünf Becher Tee.« Und obwohl natürlich nicht viel zusammenkommt, haben sie trotzdem das Gefühl, diese Kalorien wieder abtrainieren zu müssen. Also fangen sie an, die Treppe statt den Fahrstuhl zu nutzen, zu laufen, statt zu gehen, und wenn keiner hinschaut, machen sie schnell ein paar Gymnastikübungen auf dem Balkon, wie ich es bei Luisa gesehen habe.

Stehen statt sitzen macht im Kopf des Mädchens neben mir anscheinend auch ein paar Kalorien aus. Ich beschließe, nichts mehr zu fragen, um sie nicht noch weiter in Verlegenheit zu bringen. Schweigend schauen wir uns die restliche Sendung an. Ich in den Sessel gekuschelt, sie stehend daneben. Zusammen beobachten wir, wie der gut aussehende Fernsehkoch weiter mit Kalorien um sich schmeißt.

Als wir am Abend schon im Bett liegen, erzähle ich Clara von dem Mädchen im Fernsehraum.

»Die meisten Essgestörten lieben Kochsendungen. Ich

auch. Wenn ich besonders großen Hunger habe, machen mich solche Sendungen ganz high. Ich schaue mir die Lebensmittel ganz genau an, die Nudeln, die Sahnesoßen, die ganzen Kalorienbomben. Ich stelle mir vor, wie das Essen riecht, wie es sich im Mund anfühlt, wie es schmeckt. Gleichzeitig zähle ich die Kalorien auf dem Bildschirm, die ich nicht zu mir nehme. Und bin glücklich, weil ich mich beherrschen kann und so stark bin.«

Clara ist richtig in Fahrt gekommen.

»Ein bisschen masochistisch, oder?«, frage ich.

»Total«, antwortet sie. »Aber sind wir das hier nicht alle irgendwie? Ich bin auf jeden Fall nicht die Einzige. Geh mal in den Fernsehraum, wenn im Vorabendprogramm diese Dinnersendungen laufen. Da ist der Raum voller Magersüchtiger und Bulimiker. Aber einen Platz kriegste trotzdem immer, weil die meisten lieber stehen wollen.« Sie grinst.

Ich denke daran, wie ich mich heute Nachmittag in den Sessel neben dem Skelettmädchen habe plumpsen lassen. Sie muss mich für unglaublich fett und undiszipliniert halten.

Clara reißt mich aus den Gedanken. »Aber wir sind ja nicht die Einzigen mit solchen Macken. Geh mal ins Fernsehzimmer, wenn da ›Achtung Kontrolle – die Autobahnpolizei‹ läuft. Dann ist die Bude voll mit Zwangsgestörten.«

Ich muss lachen. »Red keinen Quatsch. Jede Krankheitsgruppe hat hier ihre eigene Lieblingssendung, oder was?«

»Na ja, ich übertreibe natürlich. Aber ich glaube, es gibt da echt Vorlieben.«

»Aha. Und die Depressiven?«

»Ach, die Depris sind eigentlich eher selten im Fernsehzimmer. Die liegen lieber im Bett.«

Wo sie recht hat, hat sie recht, denke ich.

»Und dann«, sinniert Clara weiter, »gibt es noch die krankheitsübergreifenden Sendungen …«

»Und was wäre das, Frau Spezialistin?«

»›Grey's Anatomy‹ zum Beispiel. Wenn das läuft, kleben fast alle Frauen vorm Fernseher. Essgestörte, Boarderlinerinnen, Depressive: Mittwochs sitzen sie alle da und hängen an den Lippen von Dr. Sheppard.«

Ich knipse das Licht meiner Nachttischlampe aus. »Du solltest wirklich selbst Psychologin werden«, sage ich in die Dunkelheit.

»Ja, sollte ich«, höre ich Clara noch sagen. Dann schlafe ich ziemlich schnell ein.

Als ich am nächsten Nachmittag mit einer Einkaufstüte voller Eiscreme für Katharina, Ron und mich aus dem Dorf zurückkomme, steht ein Polizeiwagen in der Klinikeinfahrt. Es ist heiß, die Scheiben des Autos sind heruntergelassen. Ich höre eine bekannte Stimme. Es ist Marias Stimme. Sie schreit. Als ich näher komme, setzt sich der Wagen langsam in Bewegung und rollt aus der Einfahrt. Alles, was ich noch erkennen kann, sind Arme, die um sich schlagen, und der drahtige Lockenkopf von Maria auf der Rückbank. Man kann sie noch immer hören, als der Polizeiwagen schon auf die Straße abbiegt.

Eine Weile stehe ich noch mit meiner Einkaufstüte in der prallen Nachmittagssonne und schaue dem Wagen hinterher. Als ich durch die Schiebetür nach drinnen gehe, stehen dort aufgescheuchte Patienten und reden wild durcheinander. Ich entdecke Luisa in der Menge. »War das gerade Maria?«, frage ich sie mit lauter Stimme, noch bevor ich wirklich bei ihr angekommen bin. Luisa schaut mich an und nickt. »Aber wieso? Wieso haben sie sie mitgenommen?«

Luisa atmet tief ein und wieder aus. »Also es hat damit angefangen, dass sie heute Morgen versucht hat, von ihrem Balkon zu springen.«

»Sie wollte sich umbringen?«

Luisa zögert einen Moment, sie scheint sich nicht sicher zu sein. »Keine Ahnung. Ich habe sie gesehen, wie sie da oben auf dem Geländer gestanden hat. Sie hat nicht ausgesehen, als ob sie sterben will. Eher als ob sie geglaubt hätte, ihr könnte gar nichts passieren, wenn sie da runterspringt. Als wüsste sie gar nicht, dass das lebensgefährlich ist.« Mittlerweile hängen mehrere der Umstehenden an Luisas Lippen.

»Und dann?«

»Jemand ist reingelaufen und hat einen der Therapeuten alarmiert. Und der ist dann in Marias Zimmer und hat sie vom Balkon geholt.« Luisa zieht mich ein bisschen zur Seite und flüstert: »Wenn sie sich selbst in Lebensgefahr bringt, übernimmt die Klinik keine Verantwortung. Sie muss jetzt in die Psychiatrie und …«

»… und da wollte sie offenbar nicht hin«, beende ich Luisas Satz. »Genau. Sie ist losgerannt und hat sich irgendwo eingeschlossen und mit Händen und Füßen gewehrt, und irgendwann sind dann die Bullen gekommen.« Stück für Stück verstehe ich, was passiert ist. Mit einem flauen Gefühl im Magen schaue ich zur Klinikeinfahrt, wo vor ein paar Minuten noch das Polizeiauto mit Maria darin gestanden hat. Langsam zerstreut sich die Patientenansammlung in der Eingangshalle.

Auch Luisa macht Anstalten zu gehen. »Ich glaub, ich leg mich ein bisschen hin«, sagt sie und klingt dabei merkwürdig erschöpft. »Aber«, beginne ich, »was sollen wir denn jetzt machen? Wir können sie doch nicht einfach so fahren lassen.«

Luisa dreht sich im Gehen noch mal zu mir um. »Was willst du denn machen, Mila? Mit einer Knarre hinterher laufen und sie aus der Psychiatrie holen?« Ich zucke verwirrt mit den Schultern. »Glaub mir, Maria ist da schon ganz gut aufgehoben. Die ist einfach eine Nummer zu krank, um hier zu bleiben.«

Und mit diesen Worten dreht sie sich um und lässt mich endgültig stehen. Erst nach einer ganzen Weile merke ich, dass das Eis in meiner Einkaufstüte zu schmelzen begonnen hat und lautlos neben mir auf den marmorierten Boden tropft.

Mein Job ist allmählich zu einem nervigen Dauerthema zwischen mir und Katharina geworden. Ich weiß, dass auch sie nicht glücklich ist mit dem, was sie tut, aber im Vergleich zu mir ist sie noch lange nicht an dem Punkt, zu kündigen oder sich etwas Neues zu überlegen. Ich hingegen weiß doch eigentlich genau, dass es im Job so nicht für mich weitergeht.

Trotzdem fühle auch ich mich immer noch wie gelähmt bei dem Gedanken daran, wirklich ernst zu machen und meinen Chef anzurufen. Es fühlt sich an, wie die letzten Sekunden als Kind auf dem Dreimeterbrett. Man hat allen erzählt, dass man vorhat zu springen. Man ist auch schon hochgeklettert, steht jetzt da oben, hat Angst vorm eigenen Mut und weiß, dass man theoretisch auch wieder umkehren und runterklettern könnte. Und gleichzeitig spürt man, wie unerfüllt einen der Rückzug machen würde. Die letzten zögerlichen Sekunden am Brettrand, kurz vorm Absprung.

»Mila«, Clara reißt die Tür auf und stürmt ins Zimmer. »Komm mal her und schau *mich* an.« So viel Energie in Claras Stimme ist man gar nicht gewohnt. Ich schaue von meinem Buch auf. Clara steht in der Mitte des Raums und zieht ihr Oberteil straff.

»Preisfrage: *Was* fällt dir auf?« Sie streckt sich.

Nichts, bis auf dein geschmackloses Shirt, denke ich und gucke demonstrativ ratlos.

»Na, ich habe wieder Brüste«, strahlt Clara. Ich fokussiere meinen Blick auf die winzigen Dellen, die sich ganz leicht unter ihrem Oberteil abzeichnen.

Ja, wenn man sich ganz doll konzentriert, denke ich, kann man da einen Unterschied ausmachen. Mit beiden Daumen zeigt sie auf ihre kleinen Erbsen und drückt sie stolz nach vorne. Ich lache und nicke. Hier hat halt jeder seine eigenen Erfolgserlebnisse. Ich freue mich darüber, wenn ich mich mal mit jemand unterhalten kann, ohne mich die ganze Zeit in mein Bett zu wünschen; und Clara freut sich eben über ihre Erbsen. So machen wir Fortschritte.

Den Rest des Tages verbringt sie mit ihren Brüsten vorm Spiegel.

»Jetzt mal Butter bei die Fische«, sagt Dr. Hennings, nachdem wir ein paar Minuten lang herumgeflachst haben. Er zeigt auf mein Tagebuch. Ich weiß sofort, was er will. Ich soll endlich den Brief vorlesen, den ehrlichen Brief an meinen Vater.

Ich nehme das Tagebuch auf den Schoß und suche den Eintrag. Ich blättere und blättere, kann ihn einfach nicht mehr finden. Ich bin nervös.

»Lassen Sie sich Zeit. Ganz ruhig.«

Ich suche und suche und irgendwann finde ich den Eintrag leider tatsächlich. Ich hole tief Luft, will anfangen zu lesen. Aber es kommen nur Tränen. Dr. Hennings wartet geduldig. Doch jedes Mal, wenn ich mich etwas beruhigt habe und lesen will, kommen neue Tränen.

»Ich schäme mich so«, flüstere ich in die Seiten meines Tagebuchs. »Wofür?«

»Es ist mir peinlich, dass ich so bedürftig bin. So liebesbedürftig.«

Dr. Hennings lächelt; aber ich merke, dass es mir schwerfällt, ihm in die Augen zu sehen. »Ich schäme mich vor meinem Vater. Aber ich schäme mich auch vor Ihnen.« Ich heule mittlerweile Rotz und Wasser. Dr. Hennings legt Taschentücher nach und lässt mich heulen. Nach einer Weile fragt er mich, ob er den Brief vorlesen soll. Ich schüttele den Kopf, das wäre mir noch peinlicher. Dann putze ich mir ein letztes Mal die Nase und fange an.

Als ich den letzten Satz vorgelesen habe, ist es eine Weile ganz still im Raum. Während ich auf den weißen Taschentücherberg in meinem Schoß starre, taucht plötzlich eine vergessene Kindheitserinnerung in mir auf. »Wölkchen« nannte meine Mutter früher die benutzten Taschentücher, die ich als Kind in der ganzen Wohnung verteilte, wenn ich wahlweise erkältet oder traurig war. Ein sehr schmeichelnder Begriff, den sie für meine vollgerotzten und durchgeweinten Einmaltaschentücher verwendete. Schon damals flogen also, wenn ich traurig war, überall um mich herum kleine zarte Taschentücherwölckchen, schon damals bastelte ich mir daraus einen Himmel voller Tränen in Papier. Jetzt habe ich also auch noch angefangen, Berge aus Taschentüchern zusammenzuweinen. Mit den Wölkchen meiner Kindheit bilden die Taschentuchberge eine hübsche kleine Landschaft aus aufgefangenen Tränen. Ich bin die Architektin meiner eigenen Traurigkeit. Wer weiß, welche weiteren Schöpfungen ich in meinem Leben noch zusammenweinen werde. Ich habe noch jede Menge Tränen für die Zukunft.

»War's schlimm?«, holt mich Dr. Hennings in die reale Welt zurück.

»Ja. Aber es fühlt sich auch gut an.«

Ich habe Gedanken ausgesprochen, die ich bisher niemandem anvertraut habe und auch vor mir selbst ganz gerne geheim halte.

»Sie müssen diesen Brief Ihrem Vater nicht schicken«, sagt Dr. Hennings. »Um ehrlich zu sein, würde ich es an Ihrer Stelle jedenfalls nicht tun.«

»Das hatte ich auch nicht vor.«

»Für mich war nur wichtig, dass Sie einmal ehrlich alle Ihre Gefühle, auch die, für die Sie sich schämen, oder die, von denen Sie denken, dass sie verboten sind, zu Papier bringen. Damit Sie sich Ihrer Gefühle bewusst werden. Das ist wichtig, wenn Sie in der Beziehung mit Ihrem Vater weiterkommen wollen.« Dr. Hennings zwirbelt seinen kleinen Bart.

»Und was kommt jetzt?«, frage ich und erwarte die nächste Aufgabe. »Nichts kommt jetzt. Das haben Sie gut gemacht. Und Sie haben ja auch gesagt, dass Sie sich gut fühlen, oder?«

»Aber … Was ist denn *Ihre* Erkenntnis aus meinem Brief?«, frage ich ihn, denn manchmal geht es mir auf den Geist, dass immer ich all die Arbeit der Therapiestunden mache.

»Das kann ich Ihnen gerne sagen, obwohl ich nicht glaube, dass das nötig ist.«

»Na, kommen Sie schon«, sage ich mit einem Lächeln.

»Sie haben große Verlustängste, wenn man Ihren Brief so hört.« Da wäre ich auch selbst drauf gekommen.

Dr. Hennings beugt sich vor. »Ich habe das Gefühl, diese Verlustängste bewirken bei Ihnen einen starken Drang, alles richtig zu machen. Damit Sie anderen gefallen. Und nicht zuletzt, weil Sie immer noch glauben, sich damit die Liebe Ihrer Eltern erarbeiten zu können.«

Eine letzte, zögerliche Träne schwappt aus meinem eigentlich schon trockenen Auge und rollt ihren Vorgängern hinterher. »Eigentlich müssen Sie das irgendwann selbst begreifen. Aber es spricht, glaube ich, nichts dagegen, dass ich es Ihnen sage: Durch beruflichen Erfolg werden Sie Ihren Eltern nicht näherkommen. Das ist ein Trugschluss, auf den viele Menschen reinfallen. Die meisten von uns haben gelernt, dass man für Erfolge geliebt wird.«

Er hat recht. Ich will meinem Vater um jeden Preis gefallen. Und aus irgendeinem Grund denke ich, eine großartige Karriere würde mir dabei helfen, liebenswert zu sein. Aber irgendwoher muss ich den Schwachsinn doch haben.

»Unbewusst bringen uns oft unsere Eltern solche Dinge bei. Auch, wenn sie es sich niemals eingestehen würden. Da kann man noch nicht mal von Schuld sprechen. Eltern haben es oft auch nicht anders gelernt.«

Ich schüttle den Kopf. »Meine Eltern wollten das bestimmt nicht. Sie wollten eigentlich immer nur das Beste für mich.«

Dr. Hennings lächelt nachsichtig. »Und Ihre Eltern wussten natürlich auch immer, was das Beste für Sie ist, oder?«

Ich antworte nicht. Warum habe ich so ein starkes Bedürfnis, meine Eltern zu verteidigen?

»Wie gut ist es denn für ein Kind, wenn seine Eltern sich trennen?«, fährt Dr. Hennings fort, mich zu provozieren.

»Na ja, aber sie mussten sich nun mal trennen. Und sie haben das Beste aus der Situation gemacht. Keine lauten Streits, keine Sorgerechtsforderungen, keine Versuche, mich auf die jeweils andere Seite zu ziehen.« Ich verstumme.

»Ich bestreite nicht, dass Ihre Eltern das gut gelöst haben. Trotzdem würde ich Sie bitten: Versuchen Sie, egoistisch zu denken.« Kein Kind möchte getrennte Eltern haben.

In dem Moment gelingt es mir tatsächlich, für kurze Zeit

die Perspektive zu wechseln und die Trennung aus der Sicht eines Kindes zu sehen. Eine Welle von Gefühlen überkommt mich. Verletztheit, Demütigung, Unverständnis. Und ich fühle eine leise, zaghafte, aber trotzdem nicht zu verleugnende Wut. Ich schäme mich für diese Gefühle, aber ich habe sie nun mal und nenne sie auch Dr. Hennings. Wie immer bekomme ich für das, was mir am unangenehmsten ist, die meiste Zustimmung von ihm. Aber auch ich spüre, dass diese Stunde etwas in mir bewegt hat. Als wir zum Ende kommen, bin ich erschöpft und trotzdem glücklich. Wir vereinbaren einen Termin für unser nächstes Treffen, dann sammle ich die Gedanken auf, die noch im Raum verstreut herumliegen, und gehe schließlich zur Tür.

»Ach, Frau Winter?«

Ich drehe mich noch einmal zu Dr. Hennings um, der meine Akte beiseite gelegt hat und sich ein Glas Wasser einschenkt. »Darf ich Ihnen einen Rat zum Abschluss geben?«

Ich lächle ihn herausfordernd an. »Dafür sind Sie doch da, oder?«

Er hebt sein Glas, als wolle er einen Toast aussprechen:

»Glauben Sie sich selbst nicht immer alles, was Sie denken!«

Es vergeht fast eine ganze Woche, bis ich mich eines Morgens dazu zwinge, den Schritt zu tun, auf den Dr. Hennings nun schon so lange wartet. In einem Anfall von Leichtsinnigkeit – das müssen die Antidepressiva sein – schreibe ich meinem Vater eine E-Mail. Ich frage ihn, ob er bereit dazu ist, einen Termin für diese schreckliche Familientherapiestunde zu machen. Die Telefonnummer von Dr. Hennings schreibe ich sicherheitshalber sofort dazu, damit ich es mir nicht noch einmal anders überlegen kann. Ein paar Stunden später checke ich meine Mails und sehe den Namen meines Vaters im Posteingangsfach. Er hat sofort geantwortet. Und ja gesagt. Mir wird jetzt schon mal vorsorglich schlecht.

Er schreibt, dass er sich diese Woche noch mit Terminvorschlägen bei meinem Therapeuten meldet. So ist das nämlich. Wenn man sich mit meinem Vater treffen möchte, macht er Terminvorschläge. Und nicht etwa der Therapeut.

Ich stelle mir vor, wie er in Firmenwagen und mit Designeranzug hier ankommt. Und dann Dr. Hennings trifft, Dr. Hennings mit dem Batikhemd und ausgelatschten Trekkingsandalen. Ich kann mir die beiden nur schwer zusammen vorstellen. Und das sind nur die äußeren Umstände. Was passiert, wenn es richtig zur Sache geht? Ich habe meinen Vater nie emotional erlebt. Wie wird er reagieren, wenn seine siebenundzwanzigjährige Tochter heulend vor ihm sitzt und ihm vorwirft, sie nicht lieb genug zu haben?

Und meine Mutter, welche Rolle wird sie bei dieser merkwürdigen Veranstaltung spielen? Das alles liegt vollkommen außerhalb meiner Vorstellungskraft.

Obwohl ich jetzt schon lange meine kleine Clique habe, zu der ich mich setzen kann, fühle ich mich im Speisesaal immer noch unwohl. Das liegt zum größten Teil an den Essgestörten, deren Blicke ich spüre, wenn ich am Buffet stehe. Hier beobachtet jeder den anderen. Wer isst wie viel, und was davon sollte er lieber weglassen? Ich weiß von einigen der dicken Adipositas, dass sie zweimal essen gehen, einmal im linken Speisesaal, und dann, kurze Zeit später, noch einmal im rechten Speisesaal. Einmal Menü Nummer eins, einmal Menü Nummer zwei. Keiner merkt was, und alle, inklusive der Dicken, wundern sich, dass sie nicht abnehmen.

So viel Aufwand möchte ich nicht betreiben und ertrage lieber die kritischen Augenpaare auf mir. Ich bilde mir ein, es körperlich fühlen zu können, wie der Blick der Magersüchtigen meine Hüften entlanggleitet, meinen Po, die Oberarme. Und dann auf meinen Teller, abschätzig und ein bisschen angewidert. Im Gegensatz zu mir wissen sie genau, wie viele Kalorien, Fette und Kohlehydrate sich dort stapeln. Und während ich mir noch ein extra Päckchen Butter auf den Teller schiebe, rechnen sie schon aus, wie lange man um den See joggen müsste, um meine Sünden wieder abzutrainieren.

Als ich am Nachmittag frisch aus der Gruppentherapie durch die Eingangshalle laufe, befürchte ich einen Moment lang, es mit den Pillen etwas übertrieben zu haben. Denn das, was ich da sehe, kann eigentlich nur ein Missverständnis in meinem Gehirn sein. Ron in Jeans, Hemd und Sakko ohne jegliches weibliche Attribut steht mitten in der Halle und ist ein richtig männlicher Mann. Auf seinen starken, behaarten Armen hält er ein kleines, kicherndes Mädchen. Aber es ist keine Illusion. Unser Ron ist ein richtiger Familienpapa. Mit allem Drum und Dran. Jetzt kommt sogar noch ein zweites Mädchen angelaufen und krallt sich an seinem Hosenbein fest. Er sieht aus wie ein sehr glücklicher Vater. Die Kinder sehen aus wie sehr glückliche Kinder. Eine sehr glückliche Familie, nur die Mutter fehlt noch zum perfekten Glück, denke ich und drehe mich suchend um. Erst nach einer Weile entdecke ich sie. Draußen, direkt hinter der Glasfassade der Klinik, steht eine Frau und raucht. Sie trägt einen ordentlichen, blonden Hausfrauenbob, erste Falten im blassen Gesicht und dazu eine weite Tunika, mit der sie vergeblich versucht, ihre füllige Figur zu kaschieren. Sie starrt durch das Glas hindurch Ron und die Kinder an, zieht in kurzen, nervösen Abständen an ihrer Zigarette und sieht als Einzige in der Familie sehr, sehr unglücklich aus.

Unauffällig drücke ich mich an den dreien vorbei und verschwinde im Treppenhaus. Was ist es, das mich so irritiert, an diesem Anblick? Vielleicht die Tatsache, dass wir alle hier in Ron eher keinen vorstadttauglichen, leicht spießigen Familienvater sehen. Sondern vielmehr einen Mann, der zwar kein richtiger Mann, aber auch keine wirkliche Frau ist. In meinen Augen gehören Männer in Frauenkleidern bis heute in glitzernde Bars. Auf verrauchte Bühnen, von denen aus sie deutsche Lieder von Marlene Dietrich und Marianne Rosenberg mit dunkler Stimme ins Publikum hauchen. Aber ein Mann in Frauenkleidern oder vielleicht sogar ein umoperierter Ron, der trotz seiner Andersartigkeit ein ganz normales Familienleben führt, seine Kinder in die Schule bringt und samstags das Auto wäscht, geht irgendwie nicht in meinen Kopf. Und in den Kopf seiner Frau anscheinend auch nicht.

6

SECHSTE WOCHE An unserem großen Tisch sitzen Katharina und ich heute ganz alleine, wir sind spät dran. Katharina erzählt von ihrer letzten Therapiestunde.

»Wir haben über die Beziehung zu meinem Ex geredet«, sagt sie und legt sich eine dicke Scheibe Sülze auf ihr Brötchen.

»Und?«, frage ich und widme mich meinem Plastikkäse.

»Ich weiß nicht. Meine Therapeutin ist manchmal so merkwürdig. Ich habe ihr erzählt, wie traurig ich seinetwegen bin und wie viel ich immer heule ... Na ja auf jeden Fall meinte sie, ich solle meine Aggressionen gegenüber meinem Ex mal so richtig rauslassen. Ich würde viel zu viel in mich reinfressen.«

Ich versuche mir das Reh vorzustellen, wie es seine Aggressionen rauslässt. Ein Reh steht mit großen Augen auf der Wiese, denke ich. Es hat einfach keine Wutanfälle.

»Und hat sie dir auch vorgeschlagen, wie du das machen sollst?«

»Erst mal will sie, dass ich die aggressiven Gedanken überhaupt *zulasse* und nicht mehr *unterdrücke*. Sie hat mich gefragt, ob ich ihn zum Bespiel gerne körperlich angreifen würde.«

»Wie bitte?«

Sie lacht. »Ja, jedenfalls meinte ich so zu ihr, wenn ich ehrlich wäre, würde ich ihn gerne mal schubsen.«

Süß. Ich stelle mir vor, wie das Reh seinen doofen Exfreund sanft mit der Schnauze anstupst.

»Das hat deiner Therapeutin wahrscheinlich nicht gereicht, oder?«, vermute ich.

»Nein. Sie meinte, ich solle ruhig zugeben, dass ich ihn ganz schön doll schubsen möchte. Ich soll meinen aggressiven Gedanken doch mal freien Lauf lassen. Es wären ja nur Phantasien. Und ob ich mir schon mal vorgestellt hätte, ihn *umzubringen.*«

Ich verschlucke mich fast an meinem Käsebrötchen. »Aha. Und dann?«

Sie lehnt sich zurück und verschränkt die Arme. »Nichts und dann. Sie meinte, solche Phantasien sollte ich einfach mal durchspielen, damit ich meine Aggressionen im Paargespräch dann besser rauslassen kann.«

»Ich fasse mal kurz zusammen: Deine Hausaufgabe bis zur nächsten Stunde ist es also, dir Mordgedanken auszumalen?« »Scheint so,« grinst sie und schiebt sich noch eine Scheibe Sülze in den Mund. Oh, unergründliche Wege der Gesprächstherapie. Was wohl Dr. Hennings noch von mir verlangen wird, um mich für das Gespräch mit meinen Eltern vorzubereiten?

Eine Stunde später sitze ich im Fernsehzimmer. Es ist Sonntagabend, und ich warte auf den *Tatort.* Nicht, dass ich besondere Lust darauf habe. Es geht aber auch gar nicht um den Film. Es geht vielmehr um ein Gefühl. Das Sonntagabend-Gefühl. Genauer gesagt das Sonntagabend-das-Wochenende-ist-nun-endgültig-vorbei-Gefühl. Eines der schlimmsten. Wenn das Wochenende ein gutes Buch wäre, dann ist der *Tatort* am Sonntag der Schlusssatz. Man blättert durch zwei, drei leere Seiten am Schluss, aber da kommt nichts mehr. Man muss das Buch zuklappen und wird gezwungen, wieder in der Realität aufzutauchen.

Sonntags liege ich auf dem Sofa, im einen Arm meinen Freund, im anderen eine Jumbopackung Erdnussflips. Beide sind wir schon im Jogginganzug, denn ab jetzt kommt nichts mehr, für das man sich noch mal aufhübschen müsste. Eigentlich ist es sehr gemütlich, kuschelig, unaufgeregt und vertraut. Und trotzdem: Der Countdown läuft. Wenn der Mord aufgeklärt ist und die Kommissare sich noch 'ne Pommes und zwei Bier am Hafenstand genehmigen, ist der Sonntag vorbei. Und wenn man die Sache morgen nicht noch schlimmer machen will, als sie sowieso schon ist, muss man jetzt ins Bett und Energie tanken.

Denn am Ende steht er immer wieder vor der Tür: der Montag, der böse. Diese Gedanken flüstere ich Arne zu, während wir schon vorm Fernseher sitzen und die Nachrichten aus einer anderen Welt sehen. Der nickt: »Ich habe mal eine Studie darüber gelesen, wann die Menschen in Deutschland am unglücklichsten sind. Rate mal.«

»Aber nicht tatsächlich beim *Tatort*, oder?«

»Ne, aber fast. Am unglücklichsten sind die Menschen, wenn sie montags morgens zur Arbeit fahren.«

»Oh ja«, sage ich und denke an die leblosen, lethargischen Gesichter morgens in der U-Bahn. »Und wann sind sie am glücklichsten? Wenn sie freitags nachmittags nach Hause fahren?« Arne lacht. »Nö, da stand, am glücklichsten sind die Menschen in Deutschland, wenn sie Sex haben.«

Ich seufze. »Wir haben im Moment weder das eine noch das andere.«

»Genau. Wir befinden uns also im unverfänglichen mittleren Glückssegment.«

Damit kann ich im Moment ganz gut leben, denke ich

noch. Dann fängt der *Tatort* an, und die Trailermusik beschwört wieder diese unterschwelligen Bauchschmerzen in mir herauf. Das Erste Deutsche Fernsehen hat mich konditioniert wie einen pawlowschen Hund. Aber heute nicht, sage ich mir. Denn diesmal steht der Montag nicht wie eine Drohung vor der Tür. Heute und hier nicht. Und morgen auch nicht. Denn in der Klinik ist Montag wie Sonntag und Mittwoch wie Freitag. Es gibt keinen wehmütigen Abschied vom Wochenende und keinen qualvoll erwarteten Montag. Allein für dieses Gefühl sollten alle Nicht-Verrückten da draußen doch ein paar Wochen im Jahr in die Klinik kommen dürfen.

Als ich am nächsten Morgen wach werde, versuche ich mich erst mal darüber zu freuen, dass ich nun nicht zur Arbeit muss. Das funktioniert ganz gut. Ich drehe mich noch mal um und döse ein bisschen vor mich hin, während ich mir vorstelle, wie meine Arbeitskollegen nach und nach im Büro eintrudeln, ihre Computer hochfahren und sich den Kantinenkaffee holen. Vielleicht finden die meisten ja ihre Arbeit auch nicht so nervtötend wie ich. Vielleicht sind sie glücklich mit ihren festen Arbeitszeiten und ebenso festen Gehältern. Mit dem täglichen Kantinen-Geplapper, immergleichen Meetings mit immergleichen Themen. Vielleicht sind sie glücklich mit der Aussicht, dass sich daran in den nächsten Monaten und Jahren nichts mehr ändern wird.

Ich schäle mich aus dem Bett, gehe ins Bad und schüttele vor dem Spiegel zweifelnd den Kopf. Sie können nicht glücklich sein mit dem Gefühl, ein Schaf zu sein. Mit all den Zwängen, Regeln und Demütigungen. Oder bist du einfach nur viel zu empfindlich?, höre ich mich mein Spiegelbild fragen. Ich halte kurz inne, aber die Mila im Spiegel hat auch keine Antwort.

Ich putze mir die Zähne und rechne aus, wie lange ich nun schon hier bin. Über dreißig Tage, länger als einen Monat. Plötzlich fällt mir auf, dass die dicke Rothaarige mich schon lange nicht mehr vom Buffet weggeschubst hat. Und dass ich die permanent weinende Frau schon lange nicht mehr durch die Gänge habe irren sehen. Dafür strömen immer mehr Neuzugänge in die Klinik, und unsere kleine Clique gehört langsam zum alten Eisen. Was habe ich eigentlich in dieser Zeit erreicht? Ich spucke den Schaum ins Waschbecken und benutze mal wieder verbotenerweise Claras Handtuch. »Zeit, mal in die Gänge zu kommen«, sage ich zu Spiegel-Mila. »Wie soll dein Leben nach der Klinik eigentlich aussehen?«

Aber Mila hat wieder mal keine Antwort. Nur ein paar Zahnpastaspritzer auf der Wange. Ich seufze, wische ihr die Spritzer ab, ziehe mich an und gehe runter in den Speisesaal.

Nach dem Frühstück komme ich auf dem Weg in mein Zimmer an den Postkästen vorbei. Tatsächlich liegt in meinem Fach ein zusammengefalteter Zettel. Ich streiche ihn auseinander. Jemand hat ein Stück Papier aus einer Zeitung gerissen. Darauf steht ein Zitat von einer gewissen Helen Keller: *»Das Leben ist entweder ein aufregendes Abenteuer oder gar nichts.«*

Ich starre einen Moment auf diesen kleinen Satz in meinen Händen. Und plötzlich spüre ich, wie etwas ganz tief aus mir heraus direkt in mein Herz gespült wird. Es ist eine riesige Welle aus Mut, Entschlossenheit, Erleichterung und Stolz. Mitten in dieser Welle treffe ich endlich meine Entscheidung. Ich gehe auf mein Zimmer, rufe meinen Chef an und kündige. Einfach so. Es ist ein erstaunlich kurzes Gespräch. Und viel einfacher, als ich gedacht habe. Er ist erstaunt, aber sehr sachlich. Wir sprechen im Wesentlichen über die Formalien. Letztes Gehalt, Arbeitszeugnis, Resturlaub.

Dann lege ich auf.

Ich gehe auf den Balkon, halte meine Nase in die Vormittagshitze und lasse die Steine von meinem Herzen fallen. Ich schaue ihnen hinterher, wie sie in den Klinikgarten purzeln und mit dumpfem Aufprall schwer im Gras landen. An dem Tag, an dem ich mitten in der Wirtschaftskrise meine Festanstellung kündige, fühle ich mich so zuversichtlich wie seit Jahren nicht mehr.

Als ich wieder zu mir komme, frage ich mich, wer mir diesen Zettel ins Postfach gelegt hat.

Zwei Stunden lang trage ich mein kleines Geheimnis mit mir rum. Mein Leben hat sich soeben geändert, aber seltsamerweise kann es mir keiner ansehen. *Ich habe gerade gekündigt.* Es gibt nur diesen einen Gedanken in meinem Kopf. Alles andere ist weit weg und unbedeutend. Ich gehe zur Gymnastik, liege auf einer blauen Gummimatte und starre gegen die Turnhallendecke. *Ich habe gekündigt.*

Auf der Matte neben mir wird ein Mädchen vom Trainer bei einer Übung korrigiert. Aus den Augenwinkeln kann ich sehen, wie sie ihn lasziv anlächelt. *Ich habe gekündigt.*

Wir stehen unter der Gemeinschaftsdusche. Eines der Mädchen singt leise: »Raindrops are falling on my head.« *Ich habe gekündigt.*

Ich ziehe mich an, gehe Katharina suchen, finde sie in der Cafeteria und sage endlich laut: »*Ich habe gekündigt.*«

Sie schlägt die Hände vors Gesicht und schaut mich dann zwischen den Fingern hindurch an. »Du hast das wirklich getan, oder?«

Ich nicke stolz. Dann erzähle ich ihr in allen Einzelheiten von meiner plötzlichen Entschlossenheit, dem Telefonat mit meinem Chef und den Steinen, die von meiner Brust runter auf den Klinikrasen gepurzelt sind. Nur den Zettel mit dem Zitat, den lasse ich weg. Warum, weiß ich auch nicht so genau. Vielleicht will ich dieser Kündigung nicht ihren Zauber nehmen. Katharina gratuliert mir, beneidet mich, beides abwechselnd und beides sehr ehrlich. Ich bin mir sicher, das Richtige getan zu haben. Die Frage ist nur, ob meine Eltern das genauso sehen werden.

Am nächsten Morgen treffe ich an unserem leeren Stammtisch nur noch Ron, der nun wieder wenigstens etwas Lippenstift aufgetragen hat. Ich beschließe, ihn nun doch auf die trügerische Familienidylle anzusprechen, die mich so aus dem Konzept gebracht hat. »Warum hast du nicht erzählt, dass du Besuch bekommst?«, frage ich ihn, während ich mich zu ihm setze.

Er schüttelt abwesend den Kopf. »Ich wollte es nicht. Ich war so aufgeregt. Das war ehrlich gesagt nicht nur ein Besuch …«

»Sondern?«

»Wir hatten ein Familiengespräch.«

»Und deine Kinder waren dabei?«

»Nein«, antwortet Ron. »Das Gespräch war nur mit meiner Frau und meinem Therapeuten. Auf die Kinder hat eine Schwester aufgepasst.«

»Ach so. Und darf ich fragen, wie es war?«

Er seufzt etwas theatralisch. »Sagen wir mal so: Geeinigt haben wir uns nicht.«

»Das wäre ja auch ein bisschen sehr schnell gegangen, oder?«

Ron nickt. »Schon. Trotzdem: Wir machen einfach überhaupt keine Fortschritte. Meine Frau will, dass ich als Mann zurückkomme. Sie weigert sich, mit mir als Frau zusammenzuleben. Aber ich kann das nicht einfach unterdrücken, was da in mir ist. Das habe ich so viele Jahre gemacht. Jetzt ist es wenigstens raus, und ich fühle mich erleichtert, da kann ich doch nicht so tun, als ob nichts passiert wäre.«

»Aber dann hast du dich doch schon entschieden, oder?«

Eine ganze Weile starrt Ron auf den Tisch. »Nein. Ich kann mich einfach nicht entscheiden. Denn wenn ich sie verlasse, verlasse ich auch die Kinder. Sie möchte nicht, dass die Kinder einen Vater haben, der eine Frau ist. Und auf sie zu verzichten, ist für mich einfach unvorstellbar.«

»Du wirst dich entscheiden müssen, irgendwann.«

»Ja. Aber es wird mich zerreißen, egal, wofür ich mich entscheide. Das weiß ich jetzt schon.« Stumm essen wir unser restliches Abendbrot auf und fühlen uns von der Welt überfordert. Eigentlich habe ich ganz gut vorgelegt, mit meiner Entscheidung zu kündigen. Aber damit kann ich Ron ja wohl schlecht animieren. Am Ende ist jeder für sich selbst verantwortlich. Und ich für meinen Teil habe Blut geleckt. Sind es die Tabletten, die angefangen haben, auf meine Psyche einzuwirken? Ist es die Euphorie über eine neue Zukunft? Ich weiß es nicht. Ich habe zwar immer noch traurige Gedanken, aber es ist, als ob ich diese Gedanken zwar noch verstehen, aber nicht mehr fühlen kann.

Geht es mir etwa besser?

In dieser Nacht habe ich wieder einen seltsamen Traum: Im Traum besteige ich ein Schiff, das mich nach Hause bringen soll. Als Fahrkarte muss man einen selbst gebackenen, etwa handtellergroßen Keks vorzeigen können.

Ich zeige meinen Keks, und die beiden Schaffner entwerten ihn, indem sie jeweils einmal abbeißen. Er scheint ihnen nicht zu schmecken. Ich versuche, darüber nicht traurig zu sein. Immerhin habe ich eine gültige Fahrkarte.

Nur ein paar Tage später kündigt eine sehr nervöse Katharina mir an, dass sie übermorgen ihr Paargespräch hat.

»Ich dachte immer, so ein Gespräch ist erst am Ende der Therapie?«

Katharina schaut mich gespielt belustigt an. »Schau mal in deinen Kalender, Süße. Wir sind vor fünf Wochen hier eingeliefert worden. Und im Gegensatz zu dir habe ich in der Zwischenzeit nicht meinen Job gekündigt. Ich muss demnächst definitiv wieder zur Arbeit.«

»Du wirst schon entlassen?«

»Na ja, wir werden noch das Paargespräch abwarten müssen.«

»Uns würden bestimmt ein paar abgedrehte Aktionen einfallen, die du in dem Gespräch bringen könntest. Ich bin mir sicher, dass wir sie dazu bringen können, dich noch ein bisschen länger hierzubehalten.«

Katharina lacht trocken. »Ja, da würde mir bestimmt auch einiges einfallen. Aber weißt du … Ich glaube, meine Zeit hier ist langsam um. Ich will nach Hause.«

Ich muss schlucken. Und ich? Muss ich auch schon gehen? Kann ich auch schon gehen? Die Welt da draußen ist fremd geworden. Mich erwartet nichts und niemand. Weder ein leicht angestaubter Büroschreibtisch noch ein sehnsüchtiger Mann. Er hat sich noch immer nicht gemeldet. Bin ich längst abgeschrieben, die Verrückte; soll sie doch in der Klinik bleiben und ihre Psyche auseinandernehmen, bis sie schwarz wird?

In der nächsten Therapiestunde frage ich Dr. Hennings, wann er glaubt, dass ich die Klinik verlassen könne. Ich weiß, dass ein Großteil meiner Freunde in den nächsten Tagen abreisen wird, und habe Angst vor einer Klinik ohne sie.

Vor dem Alltag zu Hause habe ich allerdings noch mehr Angst.

Mit der Antwort, die Dr. Hennings mir gibt, hatte ich nicht gerechnet: »Ihre Eltern haben sich bei mir gemeldet und einen Termin vereinbart. Wenn Sie damit einverstanden sind, könnte nächste Woche Freitag das Familiengespräch stattfinden.«

Ich höre, wie mein Herz in meinem Brustkorb einen sehr lauten Schlag tut. Sekundenschnell steigt mir die Hitze bis in die Fingerspitzen. Weil ich nicht antworte, fügt Dr. Hennings hinzu: »Das würde natürlich bedeuten, dass Sie noch zwei Wochen länger bei uns bleiben. Wir müssen das Gespräch mindestens eine Stunde lang zusammen vorbereiten, dann haben wir das Gespräch an sich, und am Ende würde ich gerne auch noch mal eine letzte Therapiestunde mit Ihnen allein haben, um die Thematik abzuschließen.« Dr. Hennings blättert in seinen Unterlagen, rechnet etwas aus, wobei sich still seine Lippen bewegen, und nennt mir dann meinen voraussichtlichen Entlassungstermin.

Eigentlich wollte ich über meine Kündigung sprechen, über die kleinen Flügelchen, die mir in den letzten Tagen gewachsen sind. Dem unbekannten leichten Gefühl in meinem Herzen. Aber jetzt liegt das Wort »Familiengespräch« wie ein Stein auf meiner Brust. Von der Leichtigkeit ist nicht mehr übrig geblieben als ein unangenehm flaues Gefühl im Magen.

»Frau Winter?«, fragt Dr. Hennings von weit weg. »Sie möchten doch das Gespräch mit Ihren Eltern? Oder haben Sie es sich anders überlegt?«

»Nein«, krächze ich. »Ich will das schon. Aber ich habe trotzdem Angst.«

»Angst dürfen Sie haben.«

Dann wird es jetzt wohl tatsächlich Realität. Papa und Mama. Hier. Zusammen im selben Raum.

»Aber es gibt es noch andere Gefühle in Ihnen, von denen ich möchte, dass Sie sie im Familiengespräch rauslassen.«

»Und das wären?«, frage ich skeptisch.

»Erinnern Sie sich an unser letztes Gespräch über Ihre Eltern? Wissen Sie noch, wie Sie sich gefühlt haben, nachdem Sie den Brief an Ihren Vater vorgelesen haben?«

»Na ja, ich war traurig, wie immer. Und verletzt. Und vielleicht«, ich zögere, es auszusprechen, »vielleicht war ich auch ein kleines bisschen wütend.« Dr. Hennings nickt.

Das war das Wort, das er hören wollte.

»Ich weiß, wie schwer das für Sie ist, Frau Winter. Aber ich möchte, dass Sie ein bisschen von dieser Wut, dieser Verzweiflung auch beim Familiengespräch zeigen.«

Wieder fühle ich eine Hitzewelle, die sich in Sekundenschnelle in mir ausbreitet. »Das wird in der Tat schwer«, sage ich sehr zaghaft. Ganz weit hinten in meinem Gehirn höre ich, wie ein schlafender Gedanke erwacht. Ich darf wütend auf meine Eltern sein. Ich habe sogar einen Grund dazu.

Aber diese Wut ist so ungreifbar. Ich fühle sie wie einen verbotenen Nebel durch meinen Kopf wabern. Es ist, als wollte man vom Traum der letzten Nacht erzählen. Im Kopf ist eine Geschichte, das Gefühl noch ganz warm. Aber wenn man beginnt zu erzählen, verblassen die Farben, die Wörter löschen sich plötzlich selbst aus. Immer wenn man einen Gedanken greift, ihn aussprechen will, löst er sich in Luft auf. Das gleiche Gefühl habe ich, wenn Dr. Hennings mich animiert, darüber nachzudenken, dass auch meine Eltern Fehler gemacht haben. Dass sie Dinge getan haben, die mich traurig machen.

Leise fange ich an zu sprechen: »Es ist so schwer, auf meine Eltern wütend zu sein. Es ist, als ob ich mich von ihnen gar nicht abstrahieren kann, um Wut auf sie zu fühlen. Verstehen Sie? Meine Gedanken sind gar nicht fähig, diese Wege in meinem Kopf zu gehen.«

Dr. Hennings nickt und schreibt. Ich fühle selbst, dass ich gerade ganz nah dran bin an dem, was wichtig ist. »Ich bin wütend, das kann ich spüren. Auch wenn ich eigentlich gelernt habe, dass ich es nicht bin. Es ist anstrengend, diesen Gedanken zu halten, ihn zu verfolgen. Kennen Sie diese 3D-Bilder aus der Schulzeit?«, frage ich Dr. Hennings. Irritiert schüttelt er den Kopf.

»Das waren diese Bildchen, auf die man ganz lange starren musste, bis irgendwas erst im Auge und dann im Gehirn klick gemacht hat. Und dann hat man das Bild hinter dem Bild gesehen.« Dr. Hennings schaut immer noch ratlos. In seiner Schulzeit gab es noch keine 3D-Bildchen. »Sobald man eine Sekunde nicht aufpasste, war das erste Bild wieder da. Wie eine Mauer. Und ließ den Blick nicht mehr durch zu dem, was man gerade noch gesehen hatte.« Obwohl Dr. Hennings meinen kleinen Vergleich nicht kennt, versteht er doch, was ich sagen will. Jedenfalls nickt er eifrig und schreibt in seine Kladde. In meinem Schädel fängt es an zu brummen. Die Stunde ist fast schon wieder vorbei, und ich bin meine guten Nachrichten immer noch nicht losgeworden. Ich beschließe abrupt, das Thema zu wechseln. »Übrigens habe ich gekündigt«, sage ich zu dem immer noch schreibenden Dr. Hennings und kann mir ein aufmerksamkeitsheischendes Grinsen nicht verkneifen. Er schaut hoch. Er schaut mich an. Grinst ebenfalls. Einen kurzen Augenblick lang fühlt es sich an, als flirte er mit mir.

»Das war mutig.«

Ich nicke.

»Und wie fühlen Sie sich jetzt?«

»Mutig, wie Sie schon sagen.« Ich kriege das Grinsen noch immer nicht aus dem Gesicht. »Aber wegen Ihnen kann ich das Gefühl jetzt gar nicht mehr richtig genießen.« Ich falle wieder zurück in die Patientenrolle. »Mit dem Familiengespräch haben Sie mir ja nun *sofort* die nächste Aufgabe gestellt.«

Er lächelt ebenfalls leicht ironisch und schließt geräuschvoll seine Kladde. »Tja, Frau Winter. Zum Genießen sind Sie ja auch nicht hier, oder?« Mein Therapeut, der Sklaventreiber.

»Sie ist blond, sie ist ein Hippie, und sie ist schwanger.«

Vor mir sitzt ein Häufchen Elend, das der hübschen Katharina, die ich eigentlich kenne, nur noch sehr entfernt ähnelt. Sie hat das Paargespräch hinter sich, die höchste Disziplin ihres sechswöchigen Klinikaufenthaltes. Vielleicht sollte ich eher sagen das »Ex-Partnergespräch«, denn offensichtlich hat eine frisch befruchtete Blondine Katharinas Hoffnungen auf eine Versöhnung nun endgültig zerstört. »Er hat nicht seine neue Freundin mit zum Therapiegespräch gebracht, oder?«, versuche ich langsam die Situation zu verstehen.

Sie blinzelt mich aus verquollenen Augen an. »Doch. Sie war zwar nicht mit im Gespräch, aber sie hat die ganze Zeit im Klinikgarten auf ihn gewartet.«

»Tja, da hat wohl jemand seine Besitzansprüche klarmachen wollen«, stelle ich etwas nüchtern fest. Katharina tut mir leid und trotzdem – vielleicht braucht es eine schwangere neue Freundin, damit sie endlich versteht, dass diese Beziehung nicht mehr zu retten ist. Sie putzt sich, zum gefühlt hundertsten Mal, geräuschvoll die Nase. »Mit mir hat er *nie* über Kinder gesprochen. Und diese komische Hippiefrau wird innerhalb von ein paar Monaten von ihm schwanger! Ich habe sie gesehen. Was für eine ungepflegte Person.«

Ungepflegt ist das größte Schimpfwort in Katharinas gepflegtem Wortschatz.

»Und wie war das Gespräch an sich?«, frage ich vorsichtig in eine andere Richtung.

»Komisch. Ich habe die ganze Zeit vor ihm gesessen und mich gefragt, wo der Mann hin ist, mit dem ich mal glücklich war.«

»Ist das ein gutes oder ein schlechtes Zeichen?«

Sie zuckt mit den Schultern. »Aus Therapeutensicht bestimmt ein gutes. Für mich war es trotzdem furchtbar. Dieses Gefühl, dass es das, was ich haben will, einfach nicht mehr gibt. Dass ich die ganze Zeit einer Illusion hinterhergelaufen bin.« Irgendwie bezeichnend, dass dieser Mann von der stillen, *gepflegten* und perlenkettentragenden Katharina zu einem wilden Hippiemädchen geflüchtet ist.

Bis zum Abend weiche ich vorsichtshalber nicht mehr von Katharinas Seite. Wir sprechen wenig, Katharina seufzt, stöhnt, hämmert ab und zu mit dem Kopf auf den Tisch und schläft irgendwann völlig erschöpft in einem der Fernsehraumsessel ein. Nach einer Weile erbarme ich mich und bringe sie auf ihr Zimmer, wo sie sich komplett bekleidet auf ihr Bett fallen lässt und sofort wieder einschläft. Diese ganze Geschichte lässt mich an meinen Freund und unsere ungeklärte Situation denken.

Zurück auf meinem Zimmer, schreibe ich ihm mit schwitzigen Fingern eine SMS. Darin Datum und Uhrzeit des von Dr. Hennings genannten Entlassungstermins und die Hoffnung, dass er mich abholt. Dann lege ich das Handy neben mich aufs Bett und warte auf eine Antwort, die nicht kommt.

7

SIEBTE WOCHE Heute ist großer Entlassungstag. Ein merkwürdiger Tag. Der Himmel ist sonnig und klar, aber ein kalter Wind fegt durch die hohen Gräser am See. Er pfeift um die Ecken und ruft uns zu, dass der Sommer nun bald vorbei ist. Wir kriegen eine Gänsehaut und beginnen zu ahnen, dass hier demnächst der Herbst einziehen wird. Und dann der Winter. Jede Woche werden neue Menschen hier angespült werden. Menschen, die da draußen einfach nicht mehr länger durchgehalten haben. Auf unserer Wiese werden andere Patienten liegen. Es werden neue Freundschaften geschlossen. Es werden neue Gespräche geführt. Und es werden sich neue Dramen abspielen. Alles wird immer wieder neu und doch immer wieder gleich sein. Irgendwie wird uns das erst jetzt bewusst: Wir sind nur welche von vielen gewesen. Hatten etliche Vorgänger und Nachfolger. Wir waren nichts besonderes. Und jetzt ist es fast vorbei, wir müssen Platz machen für die Neuen.

Plötzlich habe ich das Gefühl, fast körperlich spüren zu können, was Clara, Arne, Katharina und Luisa gerade in diesem Moment empfinden müssen: pure Aufbruchstimmung. Es ist fast, als würde der Wind seine Energie auf uns fünf übertragen. Plötzlich fühlen wir so etwas wie Vertrauen in uns. Mein Herz protestiert und piekst kurz in meiner

Brust. Gerne würde es gemeinsam mit den anderen aufbrechen. Aber ich sage zu meinem pieksenden Herzen, dass wir hier noch was Wichtiges zu erledigen haben.

Ich verabschiede mich von meinen verrückten Freunden, umarme jeden von ihnen. Keine Ahnung, ob ich jemals einen von ihnen wiedersehen werde. Und dann schaue ich dabei zu, wie meine vier Freunde aus der Klinik heraus und zurück ins Leben fallen …

Ich bleibe im Eingang stehen, bis sie immer kleiner werden und irgendwann verschwinden. Um Clara mache ich mir die wenigsten Sorgen. Sie kehrt mit fast fünf Kilo mehr auf den Rippen zu ihrem Studium zurück. Arne wird wieder arbeiten gehen und hat furchtbare Angst vor seinem ersten Tag im Büro. Es würde mich nicht wundern, wenn er nächstes Jahr wieder hier sitzt.

Katharina wird in ihre kleine Altbauwohnung in Hamburg zurückkehren, wo sie hoffentlich ziemlich bald die gemeinsamen Fotos von sich und ihrem Ex aus den Regalen fegt. Sie wird ihre Freundinnen anrufen und ihnen die Wahrheit über Paris erzählen. Nur hier und da wird sie wahrscheinlich eine winzige Lüge über die letzten sechs Wochen fallen lassen. Und Luisa? Wird hoffentlich ihren hübschen Kopf in Zukunft weniger oft über die Kloschüssel beugen.

Beim letzten Gespräch vor der Familientherapie bin ich genauso aufgeregt wie bei meinem ersten Treffen mit Dr. Hennings. Natürlich ist das auch das einzige Thema der Stunde. Wir besprechen nichts wirklich Neues. Es fühlt sich an wie die letzte Stunde vor der Abiturklausur. Es geht jetzt nicht mehr um Inhalte, man bekommt einfach Mut zugesprochen und fühlt bis in die letzte Körperzelle hinein die Ruhe vor dem Sturm.

Als die Stunde vorbei ist, wünscht Dr. Hennings mir fast feierlich alles Gute für mein Gespräch. An der Tür drehe ich mich noch mal um. »Wo wird das Gespräch überhaupt stattfinden? Doch nicht in Ihrem kleinen Raum hier, oder?«

Ich bin mir nicht sicher, ob Dr. Hennings den panischen Unterton in meiner Stimme gehört hat.

»Wir haben einen Raum für Familiengespräche. Wieso?«

Ich bin erleichtert. »Ach, naja. Dieser Raum hier scheint mir halt ein bisschen klein für eine Familie, die sich so sehr auseinandergelebt hat.«

Dr. Hennings lächelt. »Keine Angst, Frau Winter. An Platz wird es nicht mangeln. Und jetzt raus mit Ihnen.«

Ich schließe die Tür hinter mir und bete, dass er sich zum Familiengespräch etwas Anständiges anzieht.

Als ich am nächsten Morgen aufwache, ist das Gefühl sofort da. Irgendjemand hat mein Gehirn angeknipst und nur Sekunden später eine Adrenalinspritze in meine Blutbahnen gerammt. Ich bin hellwach und zittrig. Es ist ein seltenes Gefühl, aber ich kenne es. Es ist das Wissen, dass man dem, was jetzt kommt, nicht mehr ausweichen kann. Und im besten Fall auch nicht mehr ausweichen will. Während ich noch im Bett liege, ahne ich, dass sich bestimmte Momente dieses Tages unauslöschbar in mein Gedächtnis brennen werden. Aber bis dahin sind es noch vier Stunden, stelle ich mit einem Blick auf mein Handy fest.

Erst nach einer Weile bemerke ich, wie leer und still das Zimmer ist. Ich setze mich im Schneidersitz auf und betrachte Claras unberührtes Bett. Das Zimmer scheint mir stumm mitteilen zu wollen: »Siehst du, hier löst sich alles auf. Einer nach dem anderen geht. Und du solltest dich auch langsam auf den Weg machen. Tu, was noch zu tun ist, und dann raus mit dir.«

»Ich mach ja schon. Mir wär's auch lieber, wenn ich es schon hinter mir hätte«, sage ich laut, denn wer in der Klapse ist, darf sich auch vor einem Zimmer verteidigen. Das Zimmer liegt stumm da. Aber als ich auf wackligen Beinen zur Dusche schleiche, bilde ich mir ein, wie es leise flüstert: »Nicht traurig sein. Es gibt Leute, die brauchen mich jetzt dringender.« Jaja, denke ich, sage aber nichts. Wenn ich hier bald wegmuss, muss ich mir langsam abgewöhnen, mit leblosen Gegenständen zu kommunizieren.

Beim Frühstück bin ich ganz allein. Ich kenne hier nicht mehr viele Patienten. Es macht mir nicht mal mehr was aus. Was mir sehr wohl etwas ausmacht, ist die Zeit. Sie will nicht vergehen. Gelangweilt betrachte ich die Menschen an den Tischen. Wie sie sich betont herzlich begrüßen, obwohl sie sich erst ein paar Tage kennen. Wie sie sich aneinanderklammern, nur weil sie die gleiche Krankheit haben. Im normalen Leben würden sie einander wie Luft behandeln. Mit fast sadistischem Vergnügen beobachte ich ein junges Mädchen, das gerade erst eingewiesen worden sein muss. Mit ihrem vollen Teller läuft sie von Tisch zu Tisch, ohne zu wissen, wo sie sich hinsetzen soll. Die Verzweiflung steht ihr ins Gesicht geschrieben, auch wenn sie sich um Lässigkeit bemüht. Irgendwann nimmt sie all ihren Mut zusammen und setzt sich mit verschlossener Miene zu einem einsamen alten Mann an den Tisch, der sie nicht einmal zu bemerken scheint.

Als Madeleine in den Raum geflattert kommt, stehe ich hastig auf und gehe. Ich habe keine Lust mehr auf kranke Spielchen.

Wieder auf meinem Zimmer sind es immer noch zweieinhalb Stunden bis eins.

Eine Viertelstunde lang lackiere ich mir die Nägel.

Zehn Minuten räume ich das Zimmer auf.

Zwölf Minuten stehe ich am Fenster und starre auf den See.

Danach kann ich mir noch mal fünfzehn Minuten lang die Nägel lackieren; ich habe sie mir beim Auf-den-See-Starren angeknabbert, was ich sonst nie mache.

Aber dann, dann ist wirklich *nichts* mehr zu tun. Ich versuche, meine Tagebuchnotizen noch mal durchzusehen, um mich daran zu erinnern, was ich alles sagen will. Aber ich kann mich nicht konzentrieren. Es ist, als wollte ich kurz vor einer Prüfung noch ein paar Formeln auswendig lernen.

Ich lege mich aufs Bett und zähle die Minuten.

Irgendwann muss ich in eine Art Schockstarre gefallen sein. Oder bin ich trotz all der Aufregung eingeschlafen? Es ist halb eins. Ich muss hier raus, werde die letzte halbe Stunde in der Eingangshalle auf meine Eltern warten.

Vor dem Spiegel lege ich ein bisschen Rouge nach. Sehe ich aus wie jemand, den man lieb haben kann? Jemand, den man in den Arm nehmen möchte, dem man verzeiht, wenn er einem Vorwürfe macht? Ich hasse diese Gedanken, und auch Dr. Hennings würde sie nicht mögen. Ich denke sie trotzdem.

Soll ich mich noch mal umziehen? Vielleicht doch lieber die blaue Hose? Seit Tagen überlege ich, was ich zu diesem Gespräch anziehen soll, und habe mich am Ende für mein geblümtes Kleid entschieden, in der Hoffnung, damit weiblicher und irgendwie verletzlich zu wirken. Ich habe mir einen Pferdeschwanz gebunden, was gleichzeitig intelligent und trotzdem kindlich wirken soll. Denn mir ist wichtig, dass mein Vater stolz auf mich ist. Aber am allerwichtigsten ist es, dass er das Kind in mir sieht. Dass er *sein* Kind in mir sieht. Der Gedanke lässt mich gleichzeitig lachen und weinen.

Gern würde ich mal die Welt besuchen, in der mein Vater stundenlang vorm Kleiderschrank steht in dem Bemühen, mir zu gefallen.

Die erste Viertelstunde des Familiengespräches ist genau so, wie ich es mir in meinen schlimmsten Träumen nicht vorgestellt hätte. Denn keiner kommt.

In der Eingangshalle halten die Essgestörten ihren Verdauungsplausch. Unter ihnen entdecke ich auch Tamara, die hier eigentlich nicht sitzen muss, aber mit einem der neu eingelieferten Mädchen (weiße, schuppige Haut mit riesigen roten Flecken, persönliche Diagnose: Waschzwang) Karten spielt.

»Tamara, bitte rauch eine letzte Zigarette mit mir, bevor ich vor Aufregung sterbe«, sage ich spontan. Das andere Mädchen schaut mich irritiert an. Sie fragt sich wahrscheinlich, woher ich mir das Recht nehme, mich so dreist zwischen sie und ihre neue Freundin zu drängen. Natürlich weiß sie noch nicht, dass man am Familiengesprächstag alles darf, und dass ich überhaupt schon viel länger da bin als sie. So gemein es ist, mein Job ist es gerade nicht, sie aufzuklären. Tamara tut es auch nicht. Sie legt die Karten auf den Tisch, lächelt entschuldigend und ist ab sofort exklusiv für mich da. Die Neue springt auf und läuft in Richtung Toiletten, wahrscheinlich um sich gründlich die Hände zu waschen.

Draußen vor der Klinik hocken wir uns auf den Bürgersteig. Der Sommer ist gerade noch stark genug, um die Platten auf dem Gehweg nicht kalt werden zu lassen. Trotzdem habe ich eine Gänsehaut. Tamara bietet mir ihre Zigaretten an. Familiengesprächsbonus. Wir rauchen drei kurz hintereinander, und ich merke, wie ich langsam high werde. Unterhalten kann ich mich nicht. Bei jedem Auto, das an der Ecke auftaucht, stöhne ich auf.

Ich bin so nervös, dass meine Beine zittern, und stecke Tamara damit an. Die Ärmste hat ihr Familiengespräch auch noch vor sich. Mit meinem Verhalten mache ich ihr nicht gerade Mut. Nach einer Weile hält sie es nicht mehr aus und lässt mich allein im Nikotinrausch auf dem Bürgersteig sitzen.

Ich kann sie verstehen, ich mache mich selbst wahnsinnig. Wo ist meine Mama? Wo ist mein Papa? Wo sind meine Eltern, verdammt? Das ist sogar für *unsere* kleine Familie ein bisschen zu wenig Familie, wenn ich gleich allein im Gesprächsraum antanzen muss. Das wird bei aller Toleranz auch Dr. Hennings nicht leugnen können. Mein Handy klingelt. Meine Mutter ist dran: »Milena, Maus, es tut mir leid, ich habe im Stau gesteckt. Und dein Vater hat mich angerufen, sein Navigationssystem findet die Klinik nicht. Tut mir leid, aber ich bin in einer Viertelstunde bei dir.«

Ich lege auf und konzentriere mich darauf, nicht zu kollabieren.

Drei Minuten die Straße auf und ab gehen.

Vier Minuten Angst haben.

Eine Minute Vorfreude fühlen.

Drei Minuten lang versuchen zu atmen.

Dann sind sie tatsächlich da.

Erst kommt mein Vater, frisch vom letzten geschäftlichen Termin, im Anzug, aber wenigstens ohne Krawatte. Kurz darauf trifft auch meine Mutter ein. Ganz in schwarz und auf teuren Pumps steigt sie aus ihrem Wagen. Wie aus dem Ei gepellt sehen die beiden aus. In der Hinsicht passen sie eigentlich so perfekt zueinander, dass man sich wundern muss, warum sie sich damals so schnell wieder haben scheiden lassen. Die Begrüßung fällt ein wenig unbeholfen aus: Ich umarme meine Eltern, und meine Eltern umarmen einander auch; was sich für alle Beteiligten und Unbeteiligten seltsam anfühlt.

Wir sprechen nicht viel, und es bleibt auch keine Zeit: Mit dem Fahrstuhl fahren wir hoch in den Therapeutenstock. Dort erwartet uns im Flur schon Dr. Hennings. Ich hatte es befürchtet: Er bevorzugt auch an diesem Tag den eher legeren Stil, Jeans und ein verwaschenes T-Shirt zu seinen obligatorischen Sandalen. Wenigstens trägt er keine weißen Socken. Ob die Idee, gar keine Socken zu tragen, aber so viel besser ist? Aus dem Augenwinkel sehe ich, wie mein Vater ihn von oben bis unten mustert.

Mein Therapeut stellt sich vor. Ich stehe mit einem dümmlichen Lächeln daneben. Irgendwie beschämt hoffe ich, dass Dr. Hennings sein mangelhaftes Styling mit psychologischer Kompetenz wieder gutmachen wird. Damit mein Vater diese Veranstaltung hier wenigstens einigermaßen ernst nimmt.

Wie lange habe ich meine Eltern nicht mehr gemeinsam in einem Raum gesehen? Fünfzehn, zwanzig Jahre? Da stehen sie nun, beide sehr schick angezogen und aufgeregt. Alles wegen mir.

Das fühlt sich schon mal gut an.

Nachdem alle Formalitäten ausgetauscht sind (auch meine Eltern haben sich seit Jahren nicht gesehen und brauchen eine kleine Aufwärmphase miteinander), führt uns Dr. Hennings durch den langen Flur in das Gesprächszimmer. Mein Vater läuft neben mir und nimmt mich im Gehen in den Arm. »Das kriegen wir schon hin.« Mein Puls fängt an zu rasen, und in meinem Hals wächst der mir bekannte, schmerzhafte Kloß.

In dem viel zu großen Raum stehen vier einander zugewandte Stühle.

Dr. Hennings, ganz Therapeut, stellt sich hinter einen der Stühle, verliert keine Sekunde und sagt betont locker: »So, dann suchen Sie sich doch einen Platz aus. Wer möchte denn wo sitzen?«

Mein Vater, meine Mutter und ich stehen etwas inspirationslos im Raum. Wir ahnen, dass schon die von uns gewählte Sitzordnung dem Therapeuten jede Menge Einblicke in unsere Familienstruktur gibt. Lange Zeit bewegt sich niemand. Anscheinend erwarten meine Eltern von mir, das erste Zeichen zu geben und mich wahlweise für einen Platz an der Seite meiner Mutter oder meines Vaters zu entscheiden. Ich versuche, entspannt zu wirken, und setze mich so intuitiv wie möglich neben Dr. Hennings. Meine Eltern sehen fast erleichtert aus, als sie sich uns gegenübersetzen.

Nachdem wir die Sitzplatzfrage geklärt haben, brauche ich nur noch meinen Papiertaschentuchspender. Ich komme mir sehr routiniert und vorausschauend vor, als ich die Familienpackung aus meiner Handtasche hole und sie mir auf den Schoß lege. Ich habe mir fest vorgenommen, sofort loszuweinen, wenn ich das Bedürfnis danach verspüre. Gleichzeitig setze ich mit dem Papiertaschentuchspender ein Signal an meine Eltern: Bereitet euch schon mal darauf vor, dass ich gleich sehr emotional werde. Hier wird mit großer Wahrscheinlichkeit geweint heute, und wer möchte, kann auch mitweinen. Diese Veranstaltung wird für keinen von uns ein Wunschkonzert.

»Was glauben Sie, warum Sie heute hier sind?«, fragt Dr. Hennings unvermittelt meine Eltern, um das Gespräch zu eröffnen. Ich lehne mich zurück und bin froh, nicht den Anfang machen zu müssen. Mein Vater antwortet zuerst.

Sehr sachlich sagt er: »Nun, ich weiß, dass es Milena schlecht geht und dass sie gerne mit uns sprechen würde. Warum genau es ihr schlecht geht, ist mir allerdings nicht ganz klar.« Meine Mutter formuliert es ein bisschen einfühlsamer, sagt aber im Prinzip das Gleiche. Und dann bin ich dran.

»Was erwarten Sie denn von diesem Gespräch, Frau Winter?« Ich wusste, dass ich das gefragt werden würde; Dr. Hennings hat mich darauf vorbereitet. Auf den Kloß in meinem Hals hatte er mich nicht vorbereitet. Aber ich kenne diesen Kloß nun schon so gut, es bringt nichts, sich zu quälen. Also weine ich los, ohne auch nur einen Satz gesprochen zu haben. Auch wenn ich mir schrecklich blöd vorkomme. Es geht nicht anders. Vor den Worten müssen bei mir erst mal die Tränen raus.

Meine Mutter schaut mitleidig, mein Vater blickt auf seine Schuhe. Auch ich blicke auf seine Schuhe, um ein bisschen Gemeinsamkeit zwischen uns herzustellen. Ich weiß nicht, was ich sagen soll. Mein Kopf ist leer.

Eine Weile sitzen wir schweigend im Raum herum. Dr. Hennings und ich sind mittlerweile Profis im Sitzen und Schweigen; wir wissen, dass irgendwann die Worte kommen werden. Meine Eltern aber sind die Stille nicht gewohnt. Mein Vater räuspert sich, schlägt ein Bein über das andere, schaut den Therapeuten an. Meiner Mutter kann ich ansehen, wie sehr sie sich beherrscht, nun nicht aus Verlegenheit irgendetwas Belangloses zu sagen. Es nützt nichts. Ich werde den Anfang machen müssen, die Zeit ist zu kostbar, um zu schweigen. Ich wähle einen denkbar unsanften Gesprächseinstieg, indem ich, den Blick immer noch auf den Schuhen meines Vaters, sage: »Ich habe meine Arbeit gekündigt.«

Zu meiner Linken atmet meine Mutter tief ein und wieder aus. Ich kann förmlich sehen, wie viele Zukunftsvisionen ihrer Milena während dieses Luftholens an ihr vorbeiziehen.

»Aha«, sagt mein Vater, um Gelassenheit sichtlich bemüht. »Und sagst du uns auch, warum?«

Um ruhig zu bleiben, spreche ich einfach weiter zu den Schuhen meines Vaters. Sie sind schwarz, aus Leder und bestimmt sehr teuer gewesen. Langsam, vorsichtig kommen die Worte aus mir heraus: »Ich war einfach so … erschöpft. Monatelang. Habe mich zur Arbeit gequält, hatte keinen Spaß mehr an dem, was ich getan habe. Ich hatte kein Ziel mehr, keine Freunde, ich …«

Als ich aufschaue, bemerke ich, wie sich das Gesicht meines Vaters erhellt. Ich stocke, und in meinen unfertigen Satz hinein wendet er sich an Dr. Hennings: »Kann es sein, dass meine Tochter ein Burn-out hatte?«

Dr. Hennings rollt mit dem Kopf und bringt es fertig, gleichzeitig den Kopf zu schütteln und zu nicken. »Na ja, sie ist mit einer Depression hier eingeliefert worden. Aber ich habe auch schon zu Ihrer Tochter gesagt: Eine Depression kommt eigentlich selten allein.«

Mein Vater nickt zustimmend. Burn-out wäre eine Erklärung, die auch ihn zufriedenstellen würde. »Aber«, fährt Dr. Hennings fort, »diesen Erschöpfungszustand, in dem sich Ihre Tochter befand, wurde nicht allein durch zu viel Arbeit hervorgerufen. Vielleicht«, er wendet sich wieder mir zu, »möchten Sie erzählen, was genau es war, das Sie so erschöpft hat.«

Danke, Dr. Hennings. Ich erzähle davon, dass es mir irgendwann nicht mehr möglich war, so zu funktionieren, wie es von mir erwartet wurde. Wie ich aufgehört habe, zu hinterfragen, und einfach nur noch Zielen hinterhergerannt bin, die gar nicht meine waren. Ich weiß nicht, wie viel meine Eltern von dem verstehen, was ich sage.

Als ich fertig bin, fragt mein Vater, ehrlich irritiert: »Ja, gut, aber was hat denn das alles mit uns zu tun?«

Ich schaue etwas verunsichert zu Dr. Hennings. Aber der reagiert nicht, sondern schaut mich abwartend an. Ich wende mich wieder meinen Eltern zu. Wie können wir zusammen in einem Raum sitzen und einander so fern sein? »Ich weiß nicht, ob euch das überhaupt bewusst ist, aber … ich habe viel davon für euch getan.«

»Für uns?«, wiederholt meine Mutter verblüfft.

»Ja, Mama. Für dich, aber vor allen Dingen für Papa. Weil ich glaube, dass es euch wichtig ist, dass ich erfolgreich bin, Karriere mache, all das. Die Sache ist nur, dass ich mich damit ein bisschen zu sehr unter Druck gesetzt habe. Ich wollte, dass ihr stolz auf mich seid. Na ja, und jetzt merke ich, dass ich gar nicht glücklich bin. Gar nicht ich selbst bin.«

Mein Vater schaut mich ungläubig an. »Milena, du willst damit doch nicht etwa sagen, dass das unsere Schuld ist?«

Irgendwie laufen die Dinge gerade aus dem Ruder. Ich schicke einen weiteren, verzweifelteren Blick zu Dr. Hennings. Diesmal erhört er mich: »Wenn ich da kurz vermitteln darf: Von Schuld sollte hier eigentlich keine Rede sein. Es ist so, dass Ihre Tochter und ich in den Therapiegesprächen herausgefunden haben, dass Sie ihr ein sehr hohes Leistungsideal mit auf den Weg gegeben haben. Und diesen Anspruch hat sie extrem verinnerlicht. Bis zu dem Zeitpunkt, an dem sie bemerkt hat, dass es sie eher erschöpft als glücklich macht, diesen Idealen hinterherzulaufen.«

Mein Vater nickt, noch immer skeptisch. Ratlosigkeit macht sich breit, ich weiß nicht genau, was ich jetzt noch sagen soll.

»Und jetzt?«, frage ich Dr. Hennings und bin froh, einen Moderator für unser Gespräch zu haben.

»Jetzt könnten Sie zum Beispiel formulieren, was Sie sich in Zukunft von Ihren Eltern wünschen.«

Genau. Das war der nächste Punkt.

Ich wende mich wieder meinen Eltern zu und gebe mir Mühe, mehr Souveränität in meine Worte zu legen: »Ich fände es schön, wenn Ihr mir das Gefühl geben würdet, dass ich so, wie ich bin, in Ordnung bin. Dass ihr mich für den Menschen liebt, der ich *bin.*« Jetzt habe ich tatsächlich das L-Wort benutzt.

»Wie kommst du denn darauf, dass wir das nicht tun würden?«, fragt meine Mutter, und mein Vater fügt, fast empört dazu: »Ja, Milena. Das wüsste ich auch gerne.« Er lehnt sich demonstrativ in seinem Stuhl zurück und verschränkt die Arme hinter seinem Kopf: »Bitte nenn mir mal eine Situation, an der du *das* belegen kannst.«

Das ist ein perfektes Beispiel für die katastrophale Kommunikation zwischen meinem Vater und mir. Ich erzähle von meinen Gefühlen, mein Vater fragt nach Beweisen. Normalerweise ist genau das der Punkt, an dem unsere Gespräche den Bach runtergehen. Wieder springt Dr. Hennings für mich ein: »Herr Winter, um in diesem Gespräch etwas zu erreichen, ist es unheimlich wichtig, dass Sie die Gefühle Ihrer Tochter so akzeptieren, wie sie sind. Auch wenn es in Ihren Augen keine rationalen Belege für diese Gefühle gibt, sind sie trotzdem nicht zu leugnen. Das ist eben das, was Ihre Tochter fühlt. Bitte akzeptieren Sie es.«

Ich nicke treudoof und bin meinem Therapeuten einfach nur dankbar. Ohne ihn hätten wir uns mal wieder im Kreis gedreht. Aber das hier ist der Wendepunkt. Auch mein Vater nickt, es wirkt zwar ein bisschen beleidigt, als hätte man ihm den Mund verboten. Aber diese Erkenntnis, dass ich plötzlich etwas fühlen darf, ohne es belegen zu müssen, macht mir alles viel einfacher, und ich sage endlich: »Seit du gegangen bist, als ich noch ein kleines Kind war, habe ich mich immer verlassen gefühlt.« Diesen Satz habe ich jetzt nicht wirklich gesagt, oder? Plötzlich fallen die Worte einfach aus meinem Mund. »Vielleicht war es damals für euch die beste Lösung. Ich habe es trotzdem nicht verstanden. Ich habe immer mir die Schuld dafür gegeben, dass du gegangen bist. All die Jahre hatte ich das Gefühl, ich wäre nicht gut genug für dich gewesen. Das habe ich heute noch. Ich reiße mir ein Bein aus, um Anerkennung von dir zu bekommen. Ich will erfolgreich sein, schlau, hübsch, eine gute Gesprächspartnerin. Ich frage mich dauernd, was du von mir denkst und hältst, wenn ich das mache oder dies sage. Es gab noch nie in meinem Leben einen Mann, für den ich so verzweifelt perfekt sein wollte, verstehst du?«

Mein Vater starrt auf den Boden, ich habe keine Ahnung, was ihm jetzt gerade durch den Kopf geht. »Das ist so anstrengend. Und es macht mich nicht nur traurig, sondern auch wütend. Dass du ein Kind bekommst und dann einfach gehst, keine Ahnung hast von dem Loch, das du hinterlässt, von dem Menschen, den du so geprägt hast. Und mich sitzen lässt, mit meinen Ängsten, meiner Gefallsucht. Und diesen bescheuerten Ansprüchen, die ich mir selbst auferlege, weil ich mir einbilde, nur dadurch von dir gewertschätzt zu werden. Ach, Papa, du hast doch gar keine Ahnung, wie viel von dem, was ich tue, ich nur für dich tue!«

Stille.

Es kostet immer noch Überwindung. Und ja, es ist mir unglaublich peinlich. Aber wann wenn nicht jetzt? Es wird in meinen Leben wohl nie wieder eine solch günstige Situation für mich geben. In der ich alles sagen kann. Ich spucke es ihm vor seine Füße, ohne weiter nachzudenken. Was er damit macht, ist eine ganz andere Geschichte. Vielleicht kann er es gar nicht richtig machen. Vielleicht gibt es kein Happy End. Wenigstens trage ich es jetzt nicht mehr allein mit mir rum. Ich hole tief Luft und fühle mich schon ein ganzes Stück befreiter.

Nach einer Weile sagt mein Vater, etwas leiser als vorher: »Ich hätte nicht gedacht, dass ich noch einen solchen Einfluss auf dich habe.« Und dann fügt er noch einen weiteren Satz hinzu, den er etwas verwundert, fast wie eine Frage klingen lässt: »Du bist doch schon so lange erwachsen?«

Meine Nase ist zu, meine Augen verquollen; ich bin ein Bündel aus Rotz und Wasser, und ich schäme mich. »Ja, Papa. Ich bin erwachsen. Natürlich bin ich das. Aber ich bin immer noch dein Kind, verstehst du? Und ich will, dass du mich liebst.«

Es ist raus. Meine Stimme klingt rau. Zäh verlassen die Worte meinen Mund, aber sie verlassen ihn. Und hallen durch den Raum bis in die Ohren meines Vaters.

Ein paar Sekunden sitzen wir da und lauschen den Worten hinterher.

Ich nehme ein neues Taschentuch und putze mir die Nase. Der kleine weiße Taschentuchberg auf meinem Schoss wächst. Wie viele solcher Berge habe ich die letzten Wochen und Monaten aufgebaut? Wie hoch wäre der Berg wohl, wenn ich alle verweinten Taschentücher meiner Depression zusammentragen würde? Hoch genug, um einen Depressiven dazu zu verlocken, sich herunterzustürzen? Oder weich genug, um in ihm zu versinken? »Frau Winter?«, unterbricht Dr. Hennings' Stimme meine Gedanken. »Haben Sie mitbekommen, was Ihr Vater gerade gesagt hat?«

Ich schüttle den Kopf etwas zu heftig, denn ich merke, dass er angefangen hat zu dröhnen.

»Ich habe gesagt: Natürlich bist du mir wichtig. Und ich

bin stolz auf dich.« Das Wort Liebe kommt ihm nicht über die Lippen. Ich kann's ihm nicht verübeln. Ich weiß, wie schwer das ist. Trotzdem glaube ich ihm kein Wort. Er kann nicht jahrelang so mit mir umgehen und erwarten, dass ich ihm glaube.

Und dann sagt meine Mutter den Satz. Diesen Satz, den ich schon so gut kenne, weil sie ihn in den letzten Jahren so oft gesagt hat. Sie sagt ihn leise, vorsichtig, fast enttäuscht: »Wir wollen doch nur, dass du glücklich wirst …« Ich schaue rüber zu Dr. Hennings; auch er kennt den Satz mittlerweile. Über diesen Satz haben wir ein paar Therapiestunden lang gesprochen. Er nickt mir aufmunternd zu.

»Weißt du, Mama«, fange ich an und fühle, wie mir warm wird. Auch sie werde ich nicht verschonen in diesem Gespräch. »Weißt du eigentlich, was du da von mir verlangst? Du willst nur, dass ich glücklich werde?« Es ist ein seltsames Gefühl, mich diese Worte sagen zu hören. Verboten, neu, erleichternd. »Nur? Weißt du, was das für ein Anspruch ans Leben ist? Glücklich zu sein? Ein zufriedener, ausgeglichener Mensch zu sein?«

Meine Mutter hat Tränen in den Augen. Das war zu befürchten. Ich will ihr nicht wehtun und doch – da ist etwas, das sich löst, ein Stachel, ganz tief in meinem Inneren, und das tut gut. »Kannst du mir sagen, wie das geht? Glücklich sein? Ich habe es nämlich in der letzten Zeit nicht so gut hinbekommen.« Das ist gemein, und ich weiß, dass ich darauf keine Antwort von ihr bekomme.

Sie schüttelt den Kopf. »Damit meine ich doch nur, dass es mir egal ist, was du tust, dass ich es nicht wichtig finde, dass du viel Geld verdienst, oder ob du Karriere machst.« Auch ihr treten nun die Tränen über die unteren Augenlider und rollen in kleinen Perlen die Wangen herunter. »Ich will einfach nur, dass du mit deinem Leben und deinen

Entscheidungen glücklich bist. Was hätte ich denn anders machen sollen?«

»Ach, Mama. Ich weiß es doch auch nicht. Aber glücklich werden ist eben einfach ein bisschen viel verlangt. Das kann ich gerade nicht.« Eltern können es nicht richtig machen, egal wie viel Mühe sie sich geben. Es liegt in der Natur der Sache, es an ganz vielen Stellen falsch zu machen, um sich nachher dafür anklagen lassen zu müssen. Ein unfairer Deal, aber so ist das nun mal. Kann ich mich gleich für meine eigenen Kinder drauf einstellen.

Dr. Hennings räuspert sich. »Um das mal zusammenzufassen: Ich habe das Gefühl, Ihre Tochter versucht gerade, sich zu befreien. Von allen Erwartungen, von allem Druck, der sich über die Jahre aufgebaut hat. Das bedeutet nicht, dass Sie alleine Schuld an ihrem Zustand haben.«

Ich lehne mich zurück, bin froh, dass Dr. Hennings auch mal für mich das Wort ergreift. »Was wir zusammen erarbeitet haben, ist, dass Ihre Tochter einfach selbst überhaupt nicht mehr wusste, was sie wollte, wer sie war. Und um das wieder herauszubekommen, ist es wichtig, sich nun von allem frei zu machen. Von den Eltern, aber, so wie Frau Winter sich freiwillig entschieden hat, auch von ihrer Arbeit.«

Ach, Dr. Hennings. Hat mal eben in drei Sätzen acht Wochen zusammengefasst. Er sieht mich an, ich glaube, das war eine Art Schlussplädoyer von seiner Seite. »Möchten Sie dazu noch etwas sagen?«, fragt er und schaut mich an.

Ich nicke. Das noch. »Es ist schön, dass ihr da seid. Dass wir hier in diesem Raum sitzen und reden konnten. Dass ihr zuhört. Auch wenn ihr nicht alles versteht von dem, was ich sage.« Neue, heiße Tränen laufen über meine Wangen. Ist mein Reservoir denn unerschöpflich? Sogar mein Vater wirkt gerührt.

Und plötzlich sagt meine Mutter zu mir: »Ich bin stolz auf dich, Milena. Und ich bin stolz darauf, dass du den Mut hast, einen neuen Weg zu gehen. Und wenn wir dich irgendwie unterstützen können«, sie sieht meinen Vater an, der ihr zunickt, »dann gib uns Bescheid. Manchmal ist es ganz schön schwer, das Richtige für dich zu tun.«

Ich nicke ebenfalls und schaue auf den Boden.

»So«, macht Dr. Hennings dem ganzen emotionalen Zauber ziemlich abrupt ein Ende, »das war doch ein schönes Schlusswort.« Mit seinem obligatorischen Blick auf die Uhr reißt er meine Familie aus der angespannten Starre, in die sie während des Gesprächs gefallen ist. »Wenn es sonst nichts mehr gibt, würde ich hier gerne einen Punkt machen.«

Alle sind froh, wenn Dr. Hennings einen Punkt macht. Oder lieber noch – einen Strich. Wir sind erledigt. Als wir aufstehen, wendet sich mein Vater noch mal an ihn. »Ist es denn in Ordnung, wenn wir versuchen, weiter miteinander zu sprechen, über das alles?« Er klingt sehr verunsichert. Mein Herz geht auf. Dr. Hennings schmunzelt. »Das ist der Sinn der Sache. Denn das hier«, er zeigt auf die leeren Stühle vor uns, »war in erster Linie ein Anfang.«

Es ist vorbei. Wir steigen in den kleinen Fahrstuhl, und ich genieße ganz kurz das Gefühl, eine Familie zu sein, statt drei einzelne Personen. Ich kenne dieses Gefühl nicht, aber ich mag es. Leider weiß ich, dass es auch in Zukunft Seltenheitswert haben wird. Im Speisesaal trinken wir noch einen Kaffee und wechseln nach so viel Tiefgang ein paar oberflächliche Worte.

Es ist, als ob wir auftauchen würden nach diesem anstrengenden Gespräch, nach Luft schnappen wie Kinder, die im Schwimmbad zu lange unter Wasser waren. Plötzlich werden wir wieder an die Oberfläche getrieben, es macht laut blubb, und die Realität hat uns wieder.

Kurz nachdem wir in dieser Realität angekommen sind, fällt meinem Vater auf, dass er seit fast zwei Stunden nicht mehr gearbeitet hat. Er schaltet sein Handy ein, und die Nachrichten piepsen wild empört durcheinander, froh, endlich durchzukommen, nachdem sie so ungewohnt lange haben warten müssen.

Meine Mutter und ich rauchen zusammen eine Zigarette und schweigen. Die Zeiten, in denen sich mein Vater darüber aufgeregt hätte, sind leider vorbei. Stattdessen drückt er mir einen Geldschein in die Hand. Dann umarmt er meine Mutter (sehr ungewohntes Bild) und mich (etwas gewohnter, aber noch lange nicht gewohnt genug, um nicht immer noch leichtes Herzklopfen zu bekommen), steigt in seinen Firmenwagen und entschwindet Richtung Autobahn.

Meine Mutter hält es auch nicht viel länger in der Klinik. Sie sieht müde aus und traurig. Ich versuche, mich nicht dafür verantwortlich zu fühlen. Wir gehen noch ein paar Minuten nach draußen und betrachten den See und die Enten. Es tut gut, eine Weile einfach nur in die Natur zu starren, und ich fühle, wie meine Anspannung langsam nachlässt. Plötzlich spüre ich, wie ich sehr, sehr müde werde. Meiner Mutter fällt das natürlich sofort auf. Sie nimmt mich in den Arm.

»Du warst heute wirklich mutig, weißt du das?«

Wir blicken noch eine Weile auf den See. Dann bringe ich auch sie zu ihrem Auto, lasse mich noch mal fest von ihr drücken und schaue ihr zu, wie sie den nächsten Zielort in ihr Navigationsgerät tippt. Mit monotoner Stimme erklärt das Navi meiner Mutter, dass es bis zum Ziel zwei Stunden vierzig Minuten dauere und keine Staus zu erwarten seien. Ich schaue ihr hinterher, bis ihr teurer, schnittiger Wagen um die Ecke biegt.

Dann bin ich allein.

Als ich wieder in mein Zimmer komme, wohne ich nicht mehr allein. Eine neue Clara ist eingezogen. Auf dem Bett liegt ein riesiger aufgeklappter Koffer mit Bergen von Kleidung, Kuscheltieren und Fressalien. Letzteres, und ein Blick auf die Kleidergröße S, lässt mich vermuten, dass meine neue Mitbewohnerin – Überraschung – Bulimikerin sein könnte. Ich habe keine Lust auf jemanden Neues. *Ich* habe jetzt das Familiengespräch hinter mir. Die höchste Prüfung. Die Neue ist eine Anfängerin. Ich brauche jemanden, der den gleichen Therapiestand hat. Schnell verlasse ich das Zimmer und gehe Tamara suchen.

Erst am Abend komme ich wieder zurück. Ich kann mir genau vorstellen, wie ängstlich die Neue ihre Mitbewohnerin erwartet, und habe sie, ehrlich gesagt, mit Genugtuung noch etwas auf die Folter gespannt.

Sie steht mit dem Rücken zu mir auf dem Balkon und telefoniert. Sie hat eine helle Stimme, die ab und zu bricht. Wahrscheinlich weint sie sich gerade aus. Ich bekomme sofort Mitleid mit der Armen. Als sie auflegt und ins Zimmer kommt, ist sie tatsächlich ziemlich verheult. Ich stelle mich vor. Meine neue Mitbewohnerin heißt Leila, ist neunundzwanzig Jahre alt und, wie erwartet, ein Strich in der Landschaft. Sie ist sehr groß, sehr blond und, bevor sie so dürr wurde, vermutlich auch mal sehr hübsch gewesen. Das scheint ein Markenzeichen dieser Mädchen zu sein.

Sie erzählt mir von ihrer Bulimie, und ich tue so, als ob ich ihr nicht sofort angesehen hätte, was ihr Problem ist. Dann beantworte ich geduldig all die Fragen, die ich Clara auch vor acht Wochen gestellt habe. Aber ich merke, wie meine Energie nachlässt. »Sei mir nicht böse, ich bin total erledigt von meinem Familiengespräch.«

Ich kann sehen, wie sie die tausend Fragen, die noch auf ihrer Zunge liegen, tapfer herunterschluckt. Ich gehe ins Bad, schminke mir das hartnäckige bisschen Farbe vom Gesicht, das sich trotz der Weinerei noch gehalten hat. Dann gehe ich ins Bett und schlafe ohne die obligatorische halbe Weingummitüte und sofort ein.

8

ACHTE WOCHE Mein offiziell letztes Gespräch als Verrückte bei Dr. Hennings. So viele Stunden, die ich hier verbracht habe, so viele Erkenntnisse, so viele Tränen. Ich werde Dr. Hennings vermissen. Ihn und seine Kleenexpackung, beides war immer so schön griffbereit in den letzten zwei Monaten.

»Wie geht's Ihnen heute?«, fragt er mich zur Begrüßung, während ich meinen vertrauten Platz einnehme.

Ich überlege. »Ganz gut. Ich fühle mich befreit.« Er blättert durch meine Patientenmappe und resümiert: »Ich finde, Sie haben Ihre Zeit hier gut genutzt. Was Sie getan haben, braucht Mut.« Mein Therapeut lobt mich, wie nett. »Von der Seite der Klinik kann ich jedenfalls sagen, dass wir Sie nun mit gutem Gewissen entlassen können.«

Ich beiße mir auf die Lippen. Was ist es, was meinen Bauch kurz zusammenkrampfen lässt, wenn ich diese Worte höre? Ist das Angst? Angst davor, nun wieder ins Leben rauszumüssen? Angst davor, dass man nun offiziell wieder normal ist?

Dr. Hennings fährt mit seinem kleinen Vortrag fort. Nennt das Familiengespräch ergiebig und fortsetzungswürdig. Ich kann mich nicht richtig konzentrieren. Ein einziger Gedanke kreist in meinem Kopf herum: Ich werde entlassen. Ich werde entlassen!

Aber dann sagt Dr. Hennings doch noch etwas, das mich aufhorchen lässt. »Wissen Sie, nach dem Familiengespräch glaube ich, dass das Verhältnis zu Ihrer Mutter eine größere Baustelle ist, als Sie vielleicht annehmen.«

Meine Mutter? Meine Mutter, mein großes Vorbild, mein Maßstab? Meine Mutter, ohne die ich haltlos im Universum treiben würde?

»Wieso sagen Sie mir das denn erst jetzt?« Eine leichte Panik liegt in meiner Stimme.

»Weil es mir erst im Familiengespräch aufgefallen ist«, sagt Dr. Hennings lässig. Dann beugt er sich vor. »Frau Winter. Sie waren jetzt acht Wochen lang hier. Man kann in dieser Zeit nicht sein ganzes Leben aufrollen. Das habe ich Ihnen von Anfang an gesagt. Nehmen Sie diesen Hinweis auf Ihre Mutter einfach mal mit. Sie müssen doch nicht immer jedes Problem sofort lösen. Genießen Sie erst mal in Ruhe das, was Sie bis jetzt erreicht haben.« Ich werde ein wenig ruhiger.

Dr. Hennings kramt in dem Berg auf seinem Schreibtisch, während er weiterspricht: »Trotzdem gibt es für Sie natürlich noch einiges aufzuarbeiten. Der Aufenthalt hier war nur die Erstversorgung.« Er überreicht mir eine dunkelbraune Visitenkarte mit geschwungener Schrift. »Das ist die Therapeutin, zu der ich Sie gerne überweisen möchte. Ich habe schon mit ihr telefoniert; sie hat noch einen Platz für Sie frei.«

Ich nehme die Karte und drehe sie unwillig in meiner Hand. Ich will keine neue Therapeutin. Ich will Dr. Hennings. »Am liebsten würde ich Sie in einen Koffer stecken und mitnehmen.« Ich schlucke, und mir fällt auf, dass ich noch gar nicht geweint habe diese Stunde.

So ist das wohl. Wir hatten eine Beziehung auf Zeit, und die ist jetzt vorbei. Wir plaudern noch ein bisschen über dies und das, belanglose Dinge, wie wir sie noch nie besprochen haben. Er fragt mich nicht, was ich nun mit meinem Leben anfangen will, ob ich mich in Zukunft allein ernähren kann, wo ich in zwei Monaten sein werde. Denn in diesem Moment wissen wir beide, wie unwichtig das alles ist.

Als er mir zum Abschied die Hand gibt, kann ich leider nicht an mich halten: »Dr. Hennings, Sie waren ein großartiger Therapeut. Sie haben echt einen tollen Job gemacht in den letzten acht Wochen. Nur die Sache mit den Batikhemden sollten Sie vielleicht mal überdenken.« Er lacht. Es ist ihm völlig gleichgültig, was ich von seinen Klamotten halte.

Das arme Huhn Christine sitzt nun ganz allein auf der Klinikwiese und wackelt sich tapfer durch die Yogaübungen ihrer Meisterin Sheila. Die hat sich nämlich schon vor einiger Zeit mit viel Trara aus der Gruppentherapie verabschiedet, jedem im Stuhlkreis eines ihrer selbst gemalten Mandalas geschenkt und verkündet, »ihre Zeit an diesem Ort« sei nun zu Ende, sie müsse ihren spirituellen Weg gehen. Der Stuhlkreis reagierte genervt bis erleichtert, nur das Huhn, das arme, hatte Tränen in den Augen und pickte mal wieder sehr nervös mit dem Kopf in der Luft herum. Ich frage mich, wie viel Einfluss diese ganze Esoteriknummer auf das spätere Leben meines kleinen Hühnchens hat. Denn irgendwie vermute ich stark, dass es zu Hause einen Ehemann sitzen hat, der für ihren neuen Lebensstil wenig Verständnis aufbringt.

Meinen letzten Abend in der Klinik verbringe ich allein. Ich mache einen langen Spaziergang um den See, füttere ein letztes Mal die verfetteten Enten, setze mich auf eine Bank und blättere durch mein Tagebuch der letzten zwei Monate. Zwischen zwei Seiten finde ich das herausgerissene Zitat.

»*Das Leben ist entweder ein aufregendes Abenteuer oder gar nichts.*« Ja, es wird ein Abenteuer werden. Aber unter der Brücke werde ich in diesem Land schon nicht landen. Ich werde immer etwas zu essen haben und immer ein Dach über dem Kopf. Und ganz langsam wird dieser Kopf wieder anfangen, seine eigenen Ideen zu entwickeln.

Dann wandern meine Gedanken noch mal zu meinem Vater. Dr. Hennings hat dieses Wort nie erwähnt, aber ich scheine einen ausgeprägten Vaterkomplex zu haben. Wie viele Männer darunter wohl noch werden leiden müssen? Ich muss lachen und sofort heulen. Was hatte Dr. Hennings einmal zu mir gesagt? »Ein Vater ist die erste große Liebe im Leben einer Frau.«

Ich kann nichts tun, als meinen Vater so zu nehmen, wie er ist, und nicht mehr von ihm zu verlangen, als er geben kann. Auch daran will ich nicht länger festhalten. An der Vorstellung, ich könnte ihn ändern und er mich glücklich machen. Genervt von mir selbst wische ich meine Tränen mit dem Ärmel weg.

Ich habe es so satt, mir wegen diesem Mann die Augen aus dem Kopf zu weinen.

Als es anfängt zu dämmern und ich langsam zu frieren beginne, verabschiede ich mich von den Enten und gehe auf mein Zimmer. Dort hängt Leila herum und weiß nichts mit sich anzufangen. Ich mache mich bettfertig und biete ihr ein paar von meinen Weingummis an. Dankend greift sie zu, glücklich über ein bisschen menschliche Zuneigung, die Arme. Ich sehe die Unsicherheit in ihren Augen und auch, wie sie sich auf die Zunge beißt, um mich nicht mit ihren Fragen zu belästigen. Als wir kurze Zeit später das Licht löschen und auf den Schlaf warten, erinnere ich mich daran, wie Clara mir damals prophezeit hat, dass das, was ich in der ersten Nacht träume, wahr werden würde. Ich versuche, mich an den Traum von damals zu erinnern, aber ich habe ihn vergessen. Dann schlafe ich ein.

Ich befinde mich in einem wunderschönen Altbau. Langsam gehe ich die breiten Stufen eines riesigen Treppenhauses hinunter. Wie ein Schneckenhaus kringelt sich das Geländer um mich herum. Ich setze mich auf eine der hölzernen Stufen und nehme mir ein paar Kopfhörer, aus denen leise Musik strömt. Ein Mann geht an mir vorbei die Treppe hoch. Wir grüßen uns, und er fragt mich, was ich hier tun würde. Ich nehme die Kopfhörer ab und antworte, dass ich vielleicht darauf warte, eine Wohnung ansehen zu dürfen. Seine Wohnung?, fragt er mich. Ja. Was tue ich da? Dass ich mich das traue ... Er schließt eine riesige Tür auf, von einem langen Flur gehen unendlich viele, große Zimmer ab. Wir betreten eines dieser Zimmer, in dem lauter Tische stehen. Große, kleine, rechteckige und runde, Esstische, Sofatische und Nachttische. Wir reichen uns die Hände und stellen einander mit Namen vor. Danach lässt er meine Hand einfach nicht mehr los. Zusammen streicheln wir Hand in Hand über einen riesigen dunklen Eichentisch. Plötzlich höre ich ein schleifendes Geräusch vom Ende des Flurs. Das sind Schritte. Sie kommen näher. Der Mann scheint sie nicht zu hören. Ich habe Angst, das könnte seine Frau sein. Es dauert endlos lange, bis die Schritte bei uns angekommen sind. Es ist seine Großmutter. Mit einem freundlichen Lächeln im Gesicht betrachtet sie uns. Ruhig, aber verrückt. Ich bin glücklich, denn ich habe mich gerade verliebt in den Mann, dessen Hand ich noch immer in meiner spüre.

Heute ist der Tag meiner Entlassung. Zwei Monate lang bin ich in diesem Bett aufgewacht. Mal traurig, mal gelähmt, manchmal glücklich und oft gleichgültig. Morgen früh wird ein anderes Mädchen wahrscheinlich sehr aufgeregt in diesem Bett aufwachen. Ein paar Minuten liege ich da und halte die Augen geschlossen. Dann stehe ich auf, mache mein Bett und dusche ein letztes Mal in einem Badezimmer, das man nicht abschließen kann.

Danach fange ich an zu packen. Das Frühstück lasse ich ausfallen. Ich bin zu aufgeregt. Noch einmal habe ich gestern eine Nachricht an meinen Freund geschickt und ihn gebeten, mich abzuholen. Ein Taxi habe ich nicht bestellt, ich vertraue darauf, dass er da sein wird. Bis vor Kurzem ist er immer für mich da gewesen.

Nachdem ich meinen Schrank ausgeleert und den Inhalt in diversen Koffern, Taschen und Tüten verstaut habe, mache ich mich an die kleinen, persönlichen Gegenstände. Es hat sich einiges angesammelt. Leila hockt auf ihrem Bett und sieht mir dabei zu, wie ich Postkarten, Fotos und andere Erinnerungen von den Wänden pflücke. Zum Schluss leere ich meinen Nachttisch, in dem sich erstaunlich viele unangebrochene Tüten mit Gummibärchen wiederfinden. Ich stopfe sie in meine Handtasche.

»Was hast du nun vor?«, fragt Leila mich. Ich strahle sie an und frage mich gleichzeitig, ob ich damit ihr oder mir Mut zu machen versuche. »So richtig weiß ich es selbst noch nicht. Wahrscheinlich werde ich mich selbstständig machen.« Sie sieht mich an, als sei es ihr völlig unverständlich, wie jemand glauben kann, es in der Welt da draußen schaffen zu können. »Tja und … und ich möchte mal wieder verreisen, ohne meine Urlaubstage zählen zu müssen. Ich freu mich einfach auf die Welt da draußen. Und ich versuche, mir dabei so wenig Stress wie möglich zu machen.« Leila guckt mich jetzt an wie ein begossener Pudel. »Ich beneide dich darum, wie weit du jetzt bist.« Ich bin fertig mit packen und setze mich kurz zu ihr. »Naja, zwischen uns liegen acht Wochen Klinik. Das ist halt der Unterschied.« Ich bekomme ungewohnt mütterliche Gefühle für das arme Ding. Kurze Zeit ist es ganz still zwischen uns, nur von weit draußen kann man das ewige Gebrabbel der Patienten hören. »Weißt du«, sage ich ein bisschen zögerlich, »eigentlich ist es egal, mit welcher Macke du hier eingeliefert wirst. Unterm Strich, glaube ich, lernen wir hier nämlich alle das Gleiche.« Leila schaut mich mit skeptischem Blick an. Ich komme mir sehr pathetisch vor, aber ich sage es trotzdem. »Am Ende lernen wir hier alle, wieder auf unser Herz zu hören.«

Sie ringt sich ein Lächeln ab.

Als ich gehe, steht sie in der Mitte des Raums, ein bisschen verloren, die knochigen Hände tief in den Taschen ihrer viel zu großen Jogginghose vergraben. Ich öffne die Zimmertür, wuchte meine Koffer raus und lasse die letzten acht Wochen hinter mir. Als ich im Fahrstuhl stehe und auf »E« drücke, beschließe ich spontan, der Klinik einen letzten Gruß von mir zu hinterlassen. Ich greife in meine Handtasche und ziehe meine vier letzten Weingummitüten heraus. Dann klemme ich sie hinter den Spiegel, gut sichtbar für alle Essgestörten, direkt neben dem Notfallknopf. Irgendwie muss ich mich in den letzten Wochen wohl an Gummibärchen überfressen haben; es fällt mir überhaupt nicht schwer, mich von ihnen zu trennen.

Als ich mit meinen Koffern in der Eingangshalle ankomme, steht da mein Freund. Das zweite Mal in acht Wochen prallen meine beiden Welten für ein paar Momente aufeinander. Er steht verloren neben der Rezeption und fühlt sich wieder mal sichtbar unwohl in meiner neuen alten Welt.

»Hey«, sage ich leise und tippe ihm von hinten auf die

Schulter. Er dreht sich um zu mir und schaut mir direkt in die Augen.

»Bin ich froh, dass du gekommen bist!« Er zieht mich an sich und nimmt mich in die Arme. »Ich hab dich vermisst, Crazy.«

Ich versuche, gar nicht erst darüber nachzudenken, ob er mich damit ärgern will, sondern schließe die Augen und atme tief ein. Es riecht nach zu Hause. Als ich die Augen wieder öffne und über seine Schulter schaue, fällt mein Blick auf den Empfangsbereich. Dort sitzen die neu Eingewiesenen und starren uns an. Eines der Mädchen dort muss Leilas neue Mitbewohnerin sein.

»Warum hast du dich nicht gemeldet? Ich hab dich so oft angerufen …?« flüstere ich, ohne ihn loszulassen.

»Keine Ahnung. Ich hatte Angst, wieder was Falsches zu machen. Wollte warten, bis das hier alles vorbei ist und du wieder normal bist. *Bist* du wieder normal?«

Wir lösen uns aus der Umarmung.

»Ich habe keinen blassen Schimmer«, lächle ich ihn an.

»Aber ich. Lass uns abhauen«, sagt er, und ich nicke. Schnell nimmt er meine Koffer und trägt sie zum Auto. Ich bleibe noch einen Moment stehen und nehme Abschied von »meiner« Klinik. Meinem Zuhause für die bisher seltsamsten acht Wochen meines Lebens.

Ich gehöre hier nicht mehr hin, ich kann es körperlich fühlen.

Keine Ahnung, ob ich jetzt weniger verrückt bin. Jedenfalls nicht mehr krank genug, um hierzubleiben.

Draußen steht mein Freund in der Herbstsonne und schaut mich an. »Kommst du?«, ruft er und schirmt die Strahlen mit einer Hand über den Augen ab.

»Ja.« Ich werfe einen letzten Blick in die Eingangshalle und sehe mitten zwischen den Neueingewiesenen einen perfekt hergerichteten Ron sitzen. Er hat einen kleinen Taschenspiegel in der linken Hand. Mit der rechten zieht er sich sorgfältig die Lippen nach. Die Neuen versuchen angestrengt, ihn nicht anzustarren. Als er hochsieht, treffen sich unsere Blicke, und ich muss lachen. Schnell raus hier.

Danke an:

Mama & Papa – Ana B. – Kiki & Jürgen N. – Ursula S. – Dr. R. H. – Thomas T.

Und natürlich Felix H., dem König von B.

PIPER

Annette Pehnt
Mobbing

Roman. 176 Seiten. Piper Taschenbuch

Er gab sich kämpferisch, warf den Briefumschlag auf den Küchentisch. Und mit einem merkwürdigen Ausdruck der Erleichterung fügte Joachim hinzu, sie haben es geschafft. Entlassen hatten sie ihn, fristlos. Was sie gegen ihn vorbrachten, war gelogen. Sagte er. Seine Frau wusste nicht mehr, was stimmte. Denn Feinde, Gespenster, Verschwörungen gehörten seit vier Jahren zu ihrem Leben. Jetzt mussten sie wenigstens nicht mehr über seine Arbeit reden, jetzt hatte er keine Arbeit mehr. Längst aber ging es um etwas ganz anderes, es ging um ihn selbst, für wen ihn die anderen hielten. Und außer den Kindern, die sich freuten, dass er nun so oft zu Hause war, stellte er jedem die eine Frage: wer auf seiner Seite stand und wer nicht.
In der Verbindung aus Anteilnahme und literarischer Distanz gelingt Annette Pehnt ein glänzender Roman, der von Macht und Ausgrenzung in der Arbeitswelt erzählt und behutsam und klug seine großen Themen Vertrauen, Achtung und Würde ins Alltägliche einzubetten versteht.

01/1644/02/R

PIPER

Jörg Harlan Rohleder

Lokalhelden

Roman. 285 Seiten. Klappenbroschur

»Meine Geschichte beginnt, wie so viele andere Geschichten, an einem Samstagabend. Ich bin nicht mehr ganz nüchtern, aber so kann ich wenigstens erzählen, ohne mich allzu sehr zu schämen. Neben mir stehen Enni, der wie immer an seiner Magnum zieht, und natürlich mein Freund Wolle. Mit dabei sind auch die ganzen anderen Spacken, der Schädler und der Schelm, der gerade aus dem Knast entlassen wurde. Wo die Million geblieben ist, die er mit der Dealerei verdient haben soll, und was mit Anna und Natja lief, davon wird hier auch die Rede sein. Und wer ich bin? Ich bin ein fabelhafter Lügner, Anstifter und Mitläufer, der Schmall, der kleinste gemeinsame Nenner all dieser mehr oder minder bemitleidenswerten Kameraden. Auch nur ein Kind der dämlichen Neunzigerjahre.«

01/1898/01/R

PIPER

Birgit Vanderbeke

Das lässt sich ändern

Roman. 160 Seiten. Gebunden

Natürlich war Adam Czupek nicht der Richtige für sie. Mit solchen Leuten, die nach Holz und Metall und Arbeit riechen und nichts vom Reden halten, kann man doch nicht sein Leben verbringen. Dachten ihre Eltern. Aber was wussten sie, deren Ehe längst am Ende war, schon von der Liebe, was wussten sie von Adam Czupek? Für ihn ist noch nie irgendetwas geradeaus gegangen. Das Leben mit ihm und den beiden Kindern wird zum Abenteuer jottwehdeh auf dem Land. Und als sie von Bauer Holzapfel die Streuobstwiese geschenkt bekommen, hat Adam schon längst einen Plan.

01/1908/01/R